魂《こん》魄《ぱく》の道

目取真 俊

影書房

目次

魂魄の道

魂魄の道

　沖縄平和祈念公園の駐車場に車を止めると息子の和明は先に運転席から降り、助手席から降りようとする私に手を貸してくれた。戦争時の古傷のせいで歳とともに右膝の自由が利かなくなり、車の乗り降りに時間がかかった。杖を手にしてアスファルトの上に立つと足元から熱気が立ち上がってくる。十月に入ったというのに沖縄の午後の日射しは強く、海の方から吹く風が気持ちよかった。

　駐車場から平和の礎《いしじ》に向かう途中、私に合わせてゆっくりと前を歩いていた和明が振り向き、近くに並んでいる売店の方を顎でしゃくった。

　朝からけっこう歩いたから、少し休んでいこうか。まだ時間はあるし。

　和明の言葉に従って、ソフトクリームや沖縄そばの看板が置かれた売店前のテーブルに腰を下ろした。店に入った和明は冷たいサンピン茶の缶を買ってきて、ふたを開けて私の前に置いてくれた。缶に付いた水滴をぬぐい、一口飲んで礼を言った。同じサンピン茶の缶を手にし、顔をあげて飲んでいる和明の顎や首の無精髭に白いものがだいぶ混じっている。地肌が透けて見えるようになった髪も白いものが目立つ。もう五十歳になったのか……。そう思うと今年で八十六歳になる自分の老いをまざまざと実感する。

缶をテーブルに置いて、左手の親指と中指で目を揉んでいる和明を見ながら、歳よりもかなり老けて見えるのが気になった。結婚して六年目、三十四歳の時に離婚して間もなく、和明はそれまで勤めていた那覇の旅行代理店を辞めた。実家に近い沖縄島北部の市街地にアパートを借り、以後ずっと独りで住んでいる。別れた相手は一人娘を引き取って故郷の神奈川に移り住み、音信を交わすこともなかった。別れるまでの経緯を詳しくは知らなかったが、元妻からは娘との面会はおろか電話で話すことさえ拒否されていた。

最初は不満そうだった和明も、今ではすっかり諦めているようだった。

一緒《まじゅん》に暮らちゃい、年に何回かや顔合わち交流さんねー、血の繋がりんでぃ言ちん大した意味や無《ね》んさーや。

私がそう口にするたびに妻のミヨは、自分の孫なのに冷淡すぎる、と詰《なじ》っていた。十年前、そのミヨが死去した際にも姿を見せず、悔やみの電報一つ送ってこなかった二人には愛想が尽きた。向こうもとうに同じ気持ちだったことを知り、妻が大事にしてテレビの上に飾っていた孫の幼い頃の写真をタンスの引き出しに仕舞った。

十分ほど休憩し、飲み干した缶を和明が片付けるのを待って立ち上がった。杖がなくても歩くには歩けたが、右膝がうまく曲がらないので引きずってしまい、杖で傾《かし》ぐ身体を支えた方が楽だった。無理をすると後になって膝が痛み出すこともある。今は大丈夫だからと油断しないように自分に言い聞かせた。

前を行く和明は皺の寄った上着を着て俯き加減に歩いている。疲れと物憂さが滲む後ろ姿だった。北部に移って地元のホテルに十数年勤めていたが、そこが倒産したのは一年前だった。全国チェーンのホテルが増え、古い小さなホテルは見た目にも寂《さび》れて、夜になると明かりが点いた客室はいつも数えるほどだった。わずかな退職金と失業保険で過ごした後、今は警備員の仕事で食いつないでいる。

五十歳にもなればそんな仕事しかないさ、と話す口調はさばさばしていたが、私を心配させないように無理をしているのは明らかだった。週末の休みには実家に来て庭の管理や壊れた箇所の修理など、私ができないことをやってくれる。そういう気配りは子どもの頃からよくできた。和明がいたから、この年になっても一人暮らしでやっていられた。

池のそばを通り、東屋ふうの休憩所まで来て和明が、休もう、と腰を下ろした。売店から歩いたのは大した距離ではなかったが、せっかくの気遣いを大事に受けた。海に向かってまっすぐに伸びる通路の左右に黒い御影石が屏風のように並んでいる。空は淡い青色に澄み、クワディーサーの枝が陰を作っている。

平和の礎を訪ねるのは二度目だった。一九九五年の夏、完成したばかりの時に来たのは、長女のさとみ夫婦に強く誘われたからだった。結婚して間がなく、子どももまだ生まれていなかったので、二人は休日によくドライブをしていた。たまには親孝行をしたいというさとみの気持ちに応えて、ミヨと二人で後部座席に乗りこんだ。午前中、セーファウタキとひめゆり平和祈念資料館を見学し、昼食をとってから平和祈念公園を訪ねた。初めて見る平和の礎の黒い石板に刻まれた名前の数には、確かに圧倒された。その一方で何か空々しい印象を抱いた。

沖縄戦当時十八歳だった私は、沖縄島北部の村で父とともに農業をやっていた。同年代の多くの者が護郷隊に入るなか、私は体が大きかったせいか防衛隊に回され、中部戦線で米軍と正面から対峙する友軍の部隊と行動を共にした。同じ部隊にいた仲間や鉄血勤皇隊に入って戦死した従兄弟、同じ村の知り合いの名を探し出して、娘夫婦に戦争当時のことを話した。話すうちに生々しくよみがえってくる記憶に胸がざわつき、倒れた仲間を見捨てて退却したときのことを話す際には声が震えた。ミヨもさとみも初めて聞く話に聞き入っていた。自分でも話す前はここまで気が高ぶるとは予想していなかったが、話し終えて改めて見渡した黒い石板の列に感じる印象は変わらなかった。

故人の名前を記したものなら位牌があり、沖縄人は殊の外それを大事にして、戦争中も布に包んで避難場所に持ち込んでいた。そして、遺骨は帰らなくても、家族や一門が集まって手を合わせるのは墓だった。できたばかりでまだ浮ついた雰囲気が漂っていたこともあり、艶やかな石の表面に刻まれた名前に手を添えても、テレビのニュース映像や新聞の写真で見たように、涙が流れるほどの感慨はなかった。帰り際には、二度や来《たけーく》らんさーや、と思った。老村からは車で二時間以上かかることもあり、実際にそのあと足を運ぶことはなかった。老人会の視察旅行で平和祈念公園が訪問コースに組まれていたときも、気が進まなくて参加しなかった。今日、わざわざ訪ねて来たのは、魂魄《こんぱく》の塔で祈りを捧げての帰りに、和明が寄ってみようかと持ちかけたからだった。

南部の戦跡を回るのはこれが最後の機会になるはず、という思いがして承諾した。

季節柄か平和祈念公園内に人は少なく、観光で訪れたらしい老人たちのグループや幼い子ども連れの家族、夫婦らしい中年の男女などがまばらに歩いたり、礎の前で名前を見ている。和明を促して立ち、右膝をかばいながら歩きだすと、近くの芝生で休んでいた若い男女が気の毒そうに見る。その視線が嫌で歩調を早めて数歩歩いたとき、右膝に痛みが走った。思わず立ち止まって膝に手を当てた私の肩を和明が横から抱いた。

大丈夫な？

笑ってうなずき、しばらく様子を見てからそっと右足を前に出した。まだ少し痛みはあったが、歩けないほどではない。

何《ぬ》んあらんさ。心配《しわ》すなけー。

そう言って和明の手を払った。あの夜のことを思えばこれくらいの痛みは大したことない。そう胸の内でつぶやいて歩き続けると、水溜まりに照明弾の光が反射する泥の道が目の前によみがえった。

南風原《はえばる》にあった陸軍病院壕から南部に撤退するさなかのことだった。夜の道のぬかるみは深く、衰弱している体から力を奪っていった。独歩患者は自力で行け。そう命じられて、松の枝で作った杖で体を支え、雨の中を右足を引きずり歩き続けた。鑑砲弾の破片を側面から右膝の上に受け、病院壕に運び込まれたのは一週間前だった。その程度の傷に薬はいらない、と軍医から言われ、破片を抜いたあとは傷口を洗って使い古された包帯を巻き、両側から添え木を当てて布できつく縛ってあった。骨折はまぬがれたが、傷の痛みで夜も寝られなかった。壕内は重傷患者優先で、雨が降るとき以外は壕の近くの樹下に体を横たえていた。

南部への撤退を命じられたとき、歩けなければ自決するしかない、ということはすぐに分かった。衛生兵が持ってきてくれた杖は松ヤニの匂いがしていた。一歩踏みだすごとに激痛が走って目が眩《くら》んだが、体を動かせるだけましだと自分に言い聞かせた。置き去りにされていく者たちの声が壕内で反響し、混ざり合って、細切れとなった言葉が闇からあふれ出す。

耳と心を閉ざし、雨の中を移動する人の流れに遅れまいと必死で歩いた。しかし、ついていくのは無理だった。ぬかるみや窪みに足を取られて転び、地面でのたうっても助けてくれる者は稀だった。自分自身、倒れている者に手を差し伸べずに歩いてきたのだから。そう思っても、そばを通り過ぎる者たちに恨みと怒りが募る。その怒りが、このまま死んだ方が楽だ、という思いに抗って再び立ち上がる力となった。

そうやってどれくらい歩き続けたか。気がつくと下半身を泥に沈め、岩にもたれて座っていた。いつの間にか眠り込んでいたらしい。投げ出した右足が痺れ、膝から先は感覚がなかった。再び立ち上がって歩こうという気力が湧いてこず、なーしむさ（もういい）という声が身の内に漏れる。遠くでひっきりなしに照明弾が上がり、砲撃や機関銃、小銃の音が断続的に聞こえている。どこかで夜襲を仕掛けているらしかった。まだやっているのか、偉い奴らがいる、と思ったが、呼応して自らを奮い立たせる気力も体力もなかった。

艦砲弾が飛んできてひと思いに楽にしてくれたら……という思いがよぎる。もう一歩も歩きたくなかった。なーしむさ、やれるだけはやった、という言葉を弁明のようにつぶやく。同時に、こういうふうに死んでいくのか……と思うと、孤独感に襲われ、死への恐怖や生への未練が強まっていく。しかし、余りにも疲れすぎていた。このまま泥に埋もれてしまいたい、という思いが根を広げ、体を地面に縛り付ける。岩に頭をもたせかけ、目を閉じて意識が薄らいでいくのにまかせようとしたとき、か細い女の声が鼓膜を震わせた。

殺して……。

そう聞こえた。他人のことなどかまうな。反射的にそう思った。数秒の間を置いて声は再びした。

殺して……。女の声は今にも消え入りそうだった。しかし、無視できぬほどの強い意志が伝わってくる。頭を起こし、目を開けてあたりを見回すと、照明弾の明かりに照らされ、四、五メートルほど離れた草むらに仰向けに倒れている若い女の姿が見えた。着物の前がはだけ、砲弾の破片に切り割かれたらしい腹から内臓があふれて出している。女はぬらぬらと光る自分の腸を両手で抱え、首をもたげて力のない目で私を見ている。薄い唇が動いた。

殺して……。

弱々しい声なのに鋭く胸に食い込む。私は女の方に這っていくと、左手で体を支え、女の全身を見渡した。腹だけでなく、右足も臑《すね》が砕けて皮と腱でやっとつながっている。自分でやったのか、誰かが助けてくれたのか、帯で膝の上を縛ってあったが、足首のあたりにかなりの量の血溜まりができていた。もう助からないのは明らかだった。女もこれ以上苦しみたくないのだろう。そう考えながら、女の顔の横ににじり寄った。

殺してほしいのか？

遠くで絶え間なく上がる照明弾の光が、私を見つめる女の目に反射する。すぐにうなずくのかと思っていたら、女は右手を胸の前に上げ人差し指を立てて右に倒した。押さえていた腸が脇腹の方にずり落ちる。それを目の端に見ながら、草の上に伸びた女の白い腕と指先に目をやった。

殺して……。

女は前よりも力のこもった声で言い、ゆっくりと眼差しを指で示した方にやった。三メートルほど離れた草むらに、小さな人影があった。両肘を突いて匍匐《ほふく》すると、一歳くらいの幼児が母親と同じように仰向けに横たわっていた。着物の前がはだけ、丸い腹が照明弾の光になめらかな肌を見せる。男の子だった。薄い皮膚の下の肋骨が影を作り、胸がわずかに上下している。外傷は見あたらなかったが、目を閉じた顔はすでに死んでいるように見える。しかし、雨に濡れた草の中で、幼児はまだ息をしていた。

殺して……。

女は譫言《うわごと》のように同じ言葉をくり返す。女も子どもも長くはない。息絶えるのにあと一時間もかからないだろう。それでも母親は、子どもより先には死ねないと思い、一緒に死なせてほしい、と頼んでいる。女の言葉と表情からそう解釈した。

殺していいのか？

女はうなずいた、ように見えた。右足を投げ出して座ると、腰のゴボウ剣を抜いて逆手に持ち、切っ先を幼児の胸骨の上に当てた。照明弾の光に、濡れた髪が額に張り付いた幼児の顔が照らし出される。交差した長い睫《まつげ》が作る影。静かに寝ているような表情は、すでにこの世の者ではないように美しかった。

殺すぞ。

女と自分に声をかけ、握りしめた剣の柄に体を乗せ、体重をあずけた。骨が折れ、切っ先が背中を貫いて地面に刺さる感触が掌に伝わる。その刹那、幼児の目が大きく見開かれた。ひときわ明るい照明弾の光が丸い瞳に反射する。まっすぐに向けられる眼差しに思わずゴボウ剣を放して後ろに倒れた。

百メートルほど離れた場所で銃声が続けざまに響く。息をつき、細い一本の金属で地面に貼り付けられた小さな体を見つめた。幼児の目の光がゆっくりと弱まり、体が闇に沈みかけたと思うと、次の照明弾が再び照らし出す。体を起こし、幼児の顔を見ないようにして掌でおおい瞼を閉ざした。ゴボウ剣を一気に抜く。傷口から溢れた血が肋骨に沿って胸の左右に流れ落ち、草を濡らす。剣を二度振って幼児の衣服で拭い、鞘に収めた。

殺してやったぞ。

女はかすかにうなずいた、ように見えた。半開きの目は光が失われかけている。体を斜めにして左肘と左脚を使って女のそばに移動した。鼻の先に指の背を当てると、まだ息はあるようだったが、とどめを刺す気にはなれなかった。照明弾の光が消え、母と子の姿が闇に隠れる。次の光が来る前に岩の方に移動した。手探りで松の枝で作った杖を探し出すと、岩に体をもたせかけながら立ち上がり、右足を引きずってその場を去った。

その後、右膝の傷が化膿して高熱におかされ、意識を失って洞窟《がま》で横たわっているところを米軍に捕まり収容所に入れられた。戦後は生きるのに毎日必死で、戦時中のことを思い出すことは少なかった。

自分がやったことが急に怖ろしく感じられたのは、最初の子が一歳の誕生日を迎えたときだった。三十歳で結婚して六年後に生まれたのが和明だった。自分や妻は元より両親が、長男の誕生をことのほか喜んだ。その一歳の祝いの時、隣町の写真屋を呼んで記念写真を撮ったあと、妻が台所の片づけをするからと、抱いていた子を私にあずけた。寝ている和明を起こさないようにゆっくり体を左右に動かしていると、ふいに部屋が真っ暗になった。

当時、村で電気を引いている家はわずかだった。同居している父親が近くにできた製糖工場の社長と友人だったため、電気を回してもらっていた。ただ、配線に無理があったのかよく停電した。明かりをともしたロウソクを手に妻が台所から出てきた。すぐにつくさ、と言って祖母の部屋に先に持っていくよう指示した。電気は数分して回復した。棟木から下がった電球に明かりが戻ったとき、寝ていた長男が目を開けて私を見た。

その時だった。記憶がよみがえったのは。濡れた草むら。焼け焦げた木と泥の臭い。遠くでゆっくりと落ちていく照明弾。その光が見開かれた幼児の目に反射する。小さな骨を折って背中へ突き抜けたゴボウ剣。つい今し方実行したような生々しい感触に冷や汗が流れる。抱いていた和明を筵《むしろ》の上に降ろすと両の掌を見た。血など付いているはずがないのに掌や指をこすり合わせてしまう。和明が激しく泣きだし、妻があわてて台所から出てくる。どうしたのね？ と訊く妻にすぐに返事ができなかった。裏の部屋にいた両親も出てきたので、襁褓《おしめ》やあらんがや、と笑いながら庭に降り、便所に向かった。

用を足して石けんを使い手を洗った。気持ちを落ち着けられないまま座敷に上がり、長男をあやしている妻や母親に背を向けて、食台に置かれたままのウィスキーに手を伸ばした。コップに注いで水で割り、立て続けに三杯あおるのを妻と両親が驚いて見ていた。汗は引いたが、照明弾の光を受けた幼児の顔は眼裏《まなうら》から去らず、酔いつぶれてやっと自分に向けられる目の光から逃れられた。

以来、和明が三、四歳になって顔つきや体つきが変わるまで、胸に抱くたびに自分を見つめる顔に、照明弾を受けた幼児の顔が重なった。同じことは次男の弘明や長女のさとみの時も起こった。思い出すまいと努めても、笑ったり泣いたりしている子どもの顔の向こうに青白い顔が浮かび、閉じていた目をかっと見開いてこちらを見る。そのたびに起こる内心の動揺は、子どもたちに敏感に伝わり激しく泣きだす。妻や両親も私の様子から何かを感じているようだった。

子どもを抱くのがいやね？

妻にはっきりと訊かれたこともあった。

そんなことや無《ね》ーらん。

あわてて否定してから、不満そうな表情の妻に、落《う》とぅしそーなてぃ怖《うとぅ》るさぬ……、と言い訳をした。

子どもたちが成長してからは抱く機会もなくなり、それにつれて目を見開いた幼児の記憶も薄らいでいった。五十代から六十代にかけては建設業の日雇いで働きながらサトウキビを作り、仕事に追われることでほとんど思い出すことなく過ぎた。幼児の顔が夢に出てくるようになったのは、七十代の半ばになってからだった。

闇の中を歩いていると、どこからか赤ん坊の泣き声が聞こえる。声のする方に手探りで進むと、遠くで青白い光が上がり、ゆっくりと光の玉が落ちていく。薄明りの中に、草むらに横たわる赤ん坊の影がある。泣き声は止んでいるが、赤ん坊は手足を動かしている。近寄って抱き上げた瞬間、頭上から強い光が差し、赤ん坊の顔を照らし出す。大きく見開かれた目が自分に向けられている。生気の失われた瞳は空虚そのもので義眼のようだ。驚きと気味悪さに赤ん坊を投げ出すと、草むらに仰向けに落ちた赤ん坊は身動き一つせず、いつの間にか自分の右手には血に濡れたゴボウ剣が握られている。赤ん坊の胸にあいた穴から血が噴き出し、同時に膝に激痛が走って、その瞬間に目が覚める。

布団をはねのけて起きた私を、隣で寝ていた妻が驚いて見ている。汗に濡れた寝間着が気持ち悪く、着替えずにはいられない。そういう夜が年に二、三度はあり、妻を亡くし八十歳を過ぎてからは、年々回数が増えていった。そして、昼間も自分が殺めた幼児の記憶がよみがえり、自分の行為の意味を考えずにいられなくなった。

六十八年が経つというのに、女の顔も幼児の顔も、今でもはっきりと思い浮かぶ。歳を取るにつれ、照明弾の光に照らされた二人の表情は、より鮮明になっていくような気さえする。同時に、一つの疑問が湧き上がって脳裡を去らなくなった。

あの時の自分の解釈は正しかったのか。女は自らを殺してほしかっただけで、子どもは救ってほしかったのではないか。そう考えると、女がうなずいたように見えたのも、自分の錯覚だったように思えてくる。自分は独りよがりな解釈で幼児を殺めてしまったのではないか。

いや、そんなことはない。死が迫っていることを悟った女は、我が子と一緒に死にたくて、通りがかった私に声をかけたのだ。子どもを放って自分だけを、殺して……、などと言うはずがない。

だからといって幼児に手をかけたのは正しかったのか。傷ついて歩けなくなった兵隊や住民を見捨てたように、女の言葉を無視してその場を立ち去ればよかったのではないか。せめては幼児を女の胸に抱かせてやって。いや、あの状況で何が正しかったかなど、考えるだけ無駄だ。十八歳だった自分が受けた教育は、国のために命を捧げよ、というものだった。人の命も死も今よりずっと軽かった。沖縄戦では親が子に手にかけ、子が親に手をかけることさえあったのだ。あの時はああするしかなかった。ああするしか、しかし……。

自問と自責の声が胸に湧きだすと抑えられなくなる。何か仕事に没頭して忘れることができる歳ではなかった。サトウキビ畑はすべて売ってしまい、せいぜい庭の草むしりや植木の剪定くらいしか仕事はない。それにすら集中できず、疎まれているのが分かりながら飲み屋に行って誰彼なく話しかけ、酔いつぶれてタクシーで帰されることが多くなった。

那覇で銀行に勤めている弘明には、酒が過ぎる、と何度か叱りつけられた。宜野湾に住んでいるさとみは、健康を気遣ってよく電話をしてきたが、二人とも実家まで回ってくることは年に三、四回だった。仕事や子育てで忙しいのは分かったし、余計な干渉がないのはむしろ有り難かった。まだ施設に入るほど惚けてもいなければ、体も右膝以外に悪い所はない。

そう言って一人暮らしを続けてきた。洗濯は和明が全自動の洗濯機を買ってきてくれ、食事は近くのスーパーで総菜を買ってきておかずにし、不自由はなかった。近所の人たちも毎日誰かが家を訪ねて声をかけてくれ、野菜や釣ってきた魚をもらうことも多かった。

週末にやってくる和明は、頼み事は何でも聞いてくれ、こちらの生活に口をはさむこともなかった。一人が気楽なら、体が動かなくなるまで家で好きなように暮らしたらいい。自分も将来はそうやって暮らしたい。庭仕事のあとシャワーを使い、一緒に食事をしながらそう言ってくれたこともあった。

そういう和明だったから、戦争中、自分が移動した南部の道を回ってみたいと頼むこともできた。六十八年も経てば開発で地形が変わり、市街地は風景も一変している。記憶と一致する場所がほとんどないのは分かっている。それ以前に、南風原の陸軍病院壕を出てから、どこをどのように歩いたか、自分でもはっきりしていなかった。どうにか摩文仁近くの海岸にたどり着き、住民が隠れていた洞窟《がま》の隅に体を横たえることができたが、傷口が化膿して高熱となり、意識がもうろうとしたまま何日間そこにいたかも分からない。気がついたときには収容所にいて、米軍の軍医の治療を受けていたのだった。

どうせ暇だから。

電話での私の頼みを和明は投げやりな口調で引き受けたが、二日後、図書館から借りてきた沖縄戦の資料と道路地図を持って家にやってきて、私の話を聞きながらだいたいの道筋を決めてくれた。そうやって日曜日の午前八時に家を出たのだが、戦争遺跡として整備されている陸軍病院壕跡にはすぐに行けても、その先の道筋に記憶と重なり合う場所を探すのは容易ではなかった。

私が探したかったのは、ただ一箇所だった。若い女と幼児が仰向けに倒れていたあの場所。何とかその場所を探し出し、花を手向けて線香を上げたかった。和明には、そこで戦友が斃《たお》れた、と偽った。目印になるのは自分がもたれていた岩だと思い、大きさや形を思い出そうとしたが、表面が荒々しい琉球石灰岩だったこと以外ははっきりしなかった。

道路沿いにそれらしい岩を見つけるたびに車を止め、周囲を調べた。遠くで上がる照明弾が焼き払われたサトウキビ畑を照らしていた気がする。断続的な射撃音の向こうには海鳴りの音が聞こえていたのではなかったか。いや、壕を出てまだそんなには歩いておらず、海はまだ遠かったかもしれない。若い女と幼児の姿は鮮明に覚えているのに、その周りは夜の闇に隠され、照明弾の光に浮かんだ景色も滲んだ墨絵のようだった。目の前の色彩豊かな風景とは重ねようがない。

何度も車から降りて周囲の様子を確かめ、徒労を重ねている私に、和明は黙って付き合ってくれた。そうやって午前中を過ごし、県道沿いのレストランで昼食をとってから、魂魄の塔へ行ったのだった。できることなら母子が倒れていた場所で、線香を上げ手を合わせたかったが、結局、それらしい場所を特定することはできなかった。あらかじめ予想できたことで、午前中で探せなければ代わりに魂魄の塔で祈ることを和明と確認していた。

沖縄戦の後、一番最初に造られた慰霊の塔と言われる魂魄の塔は、六月二十三日の沖縄戦慰霊の日に、家族の戦死場所が不明な遺族がやってきて手を合わせる場所だった。その日は円形の塔のまわりが花や御馳走、果物、飲物などで埋め尽くされる。十月の今はさすがに正面に花やお菓子などがいくらか供えられている程度だった。家の庭から切ってきた白い菊の花束を置き、線香に火を点けている間、和明がスーパーで買ってきた豚の三枚肉や昆布、ゴボウ、巻き寿司、餅などを紙の皿に載せ、酒とサンピン茶の缶のふたを開けて一緒に供えた。理由を言わずに頼んだチョコレートとヤクルトは私自身の手で供えた。

魂魄と刻まれた質素な石碑を見つめ、膝の痛みをこらえ中腰になって手を合わせた。母と子の魂が今は家族と一緒に過ごせていることを深く祈った。

黒い御影石に刻まれた名前の中には〇〇〇〇の次男とか〇〇〇〇の三女というのがある。沖縄では地上戦によって大半の戸籍簿が消失した。一家全滅した家では、幼児の名前を確認できない事例も少なくない。戦火の中で生まれ、生き長らえることができなかった赤子もいただろう。名前を知られず、あるいは名前を付けられることもなく死んでいった子どもたちの、それでもこの沖縄の地に生まれ、短い生を営んだこと。それが戦争で失われていった事実を残すために、父や母の名前の後に続柄を記して石に刻んであった。

自分が手をかけた幼子の名前は、この礎に刻まれているのか。それとも、こういうふうに長男や次男とだけ記されているのか。あるいは、母子ともども死んだことが確認されず刻まれないままなのか……。クワディーサーの葉が風にそよぎ、十月の日射しが磨かれた御影石の表面に躍る。揺れる光と影の中、白い名前の配列を眺めて立ちつくしていた。

後ろから声をかけられ振り向くと和明が、帰ろうか、と低い声で言う。もう一時間以上、礎の中を歩いているという。肯いて肩を並べ駐車場に向かった。左右に並ぶ御影石の列を抜けながら、刻まれた名前が無数の声となってさわさわと語りかけてくるような感覚に襲われた。

和明や子どもたち、妻のミヨや両親にも、自分が幼い子どもを殺めたことは話していなかった。沖縄戦の体験を話す際にも、それだけは口にできなかった。打ち明けるなら今しかない、和明なら……、そう思ったが、やはり話すことはできなかった。話しても子どもたちを苦しめるだけだ。胸の内でつぶやき、まわりでざわめく声から身を守るように背中を丸め、杖を握りしめて歩みを進めた。

駐車場について車に乗り込むと、自覚しているよりもずっと疲れていたらしかった。発車から間もなくして眠りに落ち、目が覚めたときには車は高速自動車道を走っていた。左手に米軍住宅が見えたので、沖縄市あたりかと思った。うつらうつらしながら外を眺めていて、和明の声に改めて目が覚めた。

オスプレイ。

和明は前を見たまま、もう一度ぼそっと言った。雲一つない空は西の方が薄赤く染まりはじめ、ほかは淡い水色に澄んでいる。その中をオスプレイが二機、ローターを上に向けてヘリモードで飛行し、高速自動車道を横切っていく。距離があるため爆音は車の走行音にかき消されていたが、見慣れた飛行機やヘリコプターとは違う奇怪な姿を目で追っていて、無力感や脱力感という言葉では言い尽くせない、やりきれない思いがこみ上げた。その機体が普天間基地に配備される時、激しい反対運動があったのは知っていた。しかし、今ではヤンバルから中南部を往復する時、高速自動車道で目にするのが当たり前になった。

何《ぬ》も変《ーん》わらんさや。

胸の中でつぶやいた。雨に濡れた草むらに横たわっていた母子の死は何だったのか。幼児に手をかけた自分の苦しみは何だったのか。今日一日の自分の行動は何だったのか。そのすべてを無意味と笑う声が聞こえる。老斑が浮き皮膚がかさついた手の甲を眺め、赤紫の掌を見る。この手にもう一度力が戻るなら、ゴボウ剣で別の胸を刺してやるのに。そう思った。フロントガラスの端に灰色の機体が消える。思うだけで何もできない自分が歯がゆかった。

悪い《やな》世《ゆ》の《ぬ》中《なか》に成ったな《なてぃや》。

私のつぶやきに和明は少し間を置いて言った。

もっと悪くなるさ。

しばらく走って、米軍の黒ずんだ緑色の大型トラックを追い越しざま、和明はハンドルに掌を叩きつける勢いで何度もクラクションを鳴らした。米軍トラックの助手席で、若い兵士が窓越しに中指を立てる。バックミラーをちらっと見ると和明は鼻で笑って車の速度を上げた。

露

大学を卒業してから半年の間、沖縄島北部の小さな港で荷揚げ作業のアルバイトをやった。一九八六年の春から夏にかけてのことだ。貨物船の積み荷を降ろし、トラックに乗せるために板木に積み直すのが主な仕事だった。入港する貨物船の大きさや積み荷の量、種類によって労働者の数は増えたが、船が入ってこない時は六名一組で仕事に当たった。

港に入ってくる物資は、北部地域の農家が使う肥料や飼料が多かった。豚や牛、鶏の飼育は臭いが出るため北部の山間地に施設が移りつつあった。二十キロの袋詰めだけでなく、一トンのフレコンバッグに入った飼料を運ぶトラックが出入りしていた。

一緒に作業をしているのは七十三歳の上原さんが最年長で、六十八歳の宮城さん、六十五歳の安吉さん、五十五歳の盛勇さん、三十二歳の勝弘さんが常連メンバーだった。

八月のある土曜日だった。入港する貨物船はなく、港の桟橋はミジュンを釣る人でにぎわっていた。ミジュンはイワシの仲間で体長は十センチほど。数日前から群れが港内に入っていた。近所のおばさんたちや夏休みなので小中学生の姿も目だった。子どもでもサビキ釣りで簡単に釣れ、上手な人なら二時間でバケツを一杯にしていた。

午前中で積み出し予定のトラックは八割がた来ていた。三時頃に港湾事務所の金城さんが、仕事が終わったら飲み会をやるから、誰かひとりミジュンを釣っておいてくれ、と声をかけてきた。宮城さんが勝弘さんに、サビキ釣りの道具はあるか、と聞くと無精髭が伸びた黒い顔をくしゃくしゃにしてうなずいた。

四時半過ぎにその日に予定していた積み出し作業が終わったので、あとは金城さんの指示に従って片付けをしながら時間を潰した。五時になって事務所で日当を受け取ると、安吉さんと盛勇さんが休憩所の建物に入って準備を始めた。それに合わせるように勝弘さんが釣り竿とバケツを手に戻ってきた。

沢山《ちゃっさん》、釣《くわー》ちゃんな？

金城さんの問いに勝弘さんが黄色い歯を見せて、小さく三回うなずいた。休憩所の前にバケツを置くと、小型ナイフのような魚体が西日を反射してまぶしかった。バケツは満杯で、上の方の数匹はまだ小さく跳ねたり、尾鰭《おびれ》を振っていた。青緑色の背中や黒い眼、白い腹の重なりが、海から削り取ったばかりのように瑞々しかった。

勝弘さんが煙草を取り出して自慢話を始めたので、私の方でバケツを休憩室の流し台のそばに運んだ。まな板や包丁、どんぶりなどを用意して待っていた盛勇さんが、足元に置かれたバケツを見て、大漁、大漁、とおどけた口調で言った。酢味噌のたれを作っていた安吉さんも覗き込んだが、表情も変えなければ感想を漏らすこともなく、炊事場の奥に戻って酢味噌をかき回した。

ミジュン、さばいたことあるな？

盛勇さんに聞かれて首を横に振ると、我《わん》がさばいたミジュンをどんぶりに盛《む》てぃとらせ、と言われた。小魚の頭と尾を落とし、腹を出してから背びれや胸びれを落とす。武骨な指には似合わない速さで盛勇さんはミジュンをさばいていく。まな板の端に送られたミジュンを最初は箸でどんぶりに運んでいたが、手でやれ、と言われてそのとおりにした。

盛勇さんは十五分ほどで、どんぶり二杯分をさばくと、桟橋に運ぶように言った。両手に山盛りのどんぶりをもって桟橋に行くと、酒盛りの用意ができていた。まだ六時前で西日がきつく、みな倉庫の日陰で座っていた。港湾事務所の経理部長の島袋さんがおごってくれたビールが、クーラーボックスに冷やされていた。すでに飲み始めていて、火照ったコンクリートにどんぶりを置くと、待ち兼《かん》ねてぃしち居《うぃ》りたんどー、と金城さんが声をあげ、今日《くー》やご馳走な《ぃ》るさやー、と宮城さんが目を細めた。休憩室に走って戻り、安吉さんが作った酢味噌のたれや醤油、割りばしなどを運んだ。

割り箸を置くとすぐに手が伸び、ミジュンをたれに漬けて我先にほおばる。ミジュンの小骨を砕く噛み音が聞こえる。

美味《まー》さん。命薬《ぬちぐすい》やっさー。

宮城さんが声を上げると、勝弘さんが得意げにうなずいた。金城さんが指でミジュンをつまんで口に運び、上原さんが小皿に醤油を入れ、生姜を混ぜてミジュンをひたした。島袋さんはビールを飲みながら満足そうにみんなを眺めている。誰もが自然に笑みを浮かべていた。

休憩室にミジュンの追加を取りに行く途中、両手にどんぶりを持った盛勇さんとすれ違った。残りは安吉がやるから、お前も飲め、と言われたが、はい、と返事はして休憩室に入った。

バケツに三分の一ほど残ったミジュンを安吉さんは、盛勇さん以上の手さばきで処理していた。日頃から口数の少ない人で、なかなか話しかける勇気が出なかった。まな板の端に乗った処理済みのミジュンをどんぶりに盛ろうとすると、我《わん》がやるからお前は桟橋に行って飲め、と言われた。きつい口調ではなかったが逆らえなかった。日が落ちて、みな桟橋の方に移動していて、海側に腰を下ろした。

若いのは遠慮しないで飲めよ。ビールも泡盛もいくらでも有いくとぅよ。

金城さんがクーラーボックスを指さしたので、有難うございます、とお辞儀して缶ビールを取り、手拭いで水を拭いてプルタブを開けた。口にあふれそうな泡とともにほろ苦い味が喉を降り、炎天下で働いた体にしみ込んでいく。

沢山《ちゃっさん》飲《ぬ》みよー。

上原さんが割りばしを寄越してくれた。港のすぐ近くに住む海人《うみんちゅ》で、漁に出ない時に港湾作業に出ていたのが、今では週の半分以上は荷揚げをしていた。百五十センチにも満たない小柄な体だが、胸板の厚さが際立っていた。幼い頃に糸満の漁師に売られ、学校に行くこともできず、海だけで生きてきた人の体だった。

二月《ふたつき》ほど前、荷揚げ中にパイン缶詰の入った段ボール箱が荷崩れを起こし海に落ちた。上原さんは手作りの水中眼鏡を家から取ってくると、パンツ一丁になって桟橋から飛び込んだ。港の水深は十メートルほどだが、何度も底まで潜って缶詰を拾い上げた。小柄な老人と思っていた上原さんの実力にみな感心した。上原さんはあくまで謙虚で、もらったパイン缶詰もみんなに分けてくれた。

上原さんはビールには目もくれず、泡盛専門だった。プラスチックのコップに氷を入れ、泡盛を水で割って飲んでいた。前に飲んだとき、酔った上原さんから戦争の話を聞いた。関東軍の輜重《しちょう》兵として満州で敗戦を迎え、ソ連軍の捕虜となり、シベリアの収容所で六年間過ごしたという。ソ連兵の監視のもと長距離を歩かされ、平原で夜を明かす時は震えて寝られなかったという。日本の馬はすぐに駄目になった。満州馬《まんば》は寒さと重労働によく耐えた、とこの間のことのように感心していた。

このおじいは赤だからな、真面目に聞くなよ。

そばから金城さんが茶化しても相手にしなかった。収容所でソ連共産党に洗脳され、沖縄に戻ってからも日本復帰前は人民党、復帰後は共産党を支持していると、同じ部落で家が近い金城さんは、上原さんのことを嫌っていた。もともと人づきあいが苦手なようで、上原さんは作業中も黙々と荷物を積んでいた。丁寧でまじめな仕事ぶりはみんなから信頼されていた。

上原さんの横に座っている宮城さんも従軍体験があり、泡盛以外はウィスキーしか飲まなかった。若い頃はカツオ漁船に乗ってフィリピンやパラオまで行ったと言い、サバニで近海漁をしていたが、最近は船を息子に預けて、もっぱら港湾作業に出ていた。

熊本で初年兵教育を受けた時、上官から名前を訊かれ、宮城《みやぎ》であります、と答えたら、どういう字を書くのか、と訊く。お宮の宮に、お城の城であります、と答えたら、貴様、恐れ多くも宮城《きゅうじょう》という苗字を名乗るとは何事か、と思い切りびんたを張られ、以来ヤマトゥンチューが大嫌いになった、と酒のたびに話していた。赤く充血した目を剝いて、いまでも怒りを抑えかねるらしく、わじわじーしちぷしがらぬ、と吐き捨てるように言い、舌打ちした。

何《ぬー》が、お前《いやー》やミジュンが有るのに、またサバ缶詰か。

宮城さんが向かいに座っている盛勇さんに言った。盛勇さんはすでにビールを二缶転がしていて、いつの間に持ってきたのか、サバ缶詰を缶切りで開けているところだった。盛勇さんはプラスチックのコップに泡盛を注ぎ、それをサバ缶詰の汁で割った。初めて見た時は胸が悪くなったが、コーラーや牛乳、オロナミンC、コーヒーなどいろいろ試して、これが一番うまい、と盛勇さんは濁った泡盛をにやにやしながら飲んだ。

盛勇さんは身長は百六十センチほどだったが、肩幅が広く、二の腕も太かった。瞳の色が薄く外国人のようで、サイパンで生まれ、家族を戦争で亡くして天涯孤独で生きてきた、とのことだった。若い頃、米軍の現金輸送車を襲撃して銃撃戦となったが、無事に逃げおおせた、と話し、銭《じんやとぅ》は盗らんたしが、と笑った。酔うといきなりガラスコップの縁をかみ砕く癖があった。それくらい頑丈な歯をしていて栓抜きがいらなかった。

安吉さんのことが気になって休憩室に行くと、ミジュンをさばき終えてどんぶり三杯に盛り上げ、ヒレや内臓はバケツに入れて、煙草を吸っていた。まな板や包丁は洗って片付けてあり、ビニール袋にミジュンの腸が入っているのは、飼っている猫に与えるのだろう。安吉さんの家は港から歩いて二十メートルほどの道沿いで、古い小さな家だがよく手入れがされていた。庭にはシークヮーサーの木があり、ギギチやマッコウなどの庭木もきれいに剪定され、百日草や鳳仙花、グラジオラスなど何かしらの花がいつも咲いていた。軒下や庭には五、六匹の猫が座ったり寝そべったりしていた。港に捨てられていたのを拾って飼っているとのことだった。

あ、もうみんな桟橋で飲んでますよ。

声をかけると安吉さんは煙を吐き、やがてぃ来《すー》るさ、と言って煙草をフィルターの所まで吸った。指を焼きそうなくらい赤い火が近づき、左頬の火傷痕が電灯の光で影を作っていた。沖縄戦のとき小禄の洞窟《がま》に隠れていて、米軍の火炎放射器で焼かれたそうだ、と金城さんから聞いたが、本人に確かめたことはなかった。どんぶりを持っていけ、と目で合図するので、両手で三つを抱えて慎重に運んだ。

数分遅れて安吉さんもやってきて酒盛りに加わった。先に持って行ったミジュンはほとんどなくなっていて、勝弘さんが七輪でサザエを焼いていた。昨日の夕方から潜って捕ってきたものといい、網に数十個が入っている。もう一つ七輪があり、盛勇さんがヤカンにバターや醤油、泡盛を入れ火にかけた。香ばしいにおいが海風に流れる。ヤカンを振って溶けたバターや醤油を混ぜ、盛勇さんは煮えたサザエの口にバターを流し込んだ。こぼれたバターが焼けた網にジュージュー音を立て、煙が上がる。漂うにおいに生唾を飲まずにいられなかった。追加されたミジュンを食べながら、みなサザエの方に目をやっていた。

夕凪の海はオレンジや桃色、紫色に染まった雲を映し、魚が跳ねると波紋がやわらかな色の空を揺らす。公民館のスピーカーから子どもたちに帰宅を促す放送が流れ、カラスなぜ鳴くの……というメロディが時間をゆるやかにする。

とー、焼《やき》け次第に食《かみ》えよー。

宮城さんがサザエの大きいのから一つ取って皿に置いてくれた。お礼を言って汁を吸おうとして、熱さに舌と唇を焼き、あがー、と声を上げるとみなが笑った。

慌てぃらんけー。

勝弘さんが言い、まだ沢山《なまちゃっさん》有《あ》んどー、と網を指さす。バターと醤油の味がしみ込んだサザエをほおばりながら飲むビールは最高だった。しばらくはみな黙ってミジュンとサザエを食べ、ビールと泡盛を飲んだ。陽は森の向こうに落ちて空に星が見え始めた。港は琉球の古い歴史にも出てくる天然の良港で、対岸の島が北からの風と波をさえぎり、台風時には港から続く内海に多くの船が避難してきた。

親《うや》の懐《ぬぶちゅくる》やさ。

上原さんが昔からそう言われてきたと教えてくれた。金城さんや盛勇さん、宮城さんらが仕事のことで声高に話しているのをぼんやり聴きながら、べた凪の海を眺めた。風がないので汗がとめどなく流れたが、冷えたビールで喉をうるおしながら、こういう生活もいいかもな、と思った。しかし、港でのアルバイトは半年間と決めてあって、そのあとは那覇に出て仕事を探す予定だった。自分がいくら親しみを持っても、しょせんは腰掛けでしかなく、村でこの生活を続けていく上原さんや宮城さん、安吉さんとは立場が違った。

盛勇さんはヤマトゥに出稼ぎに行くかもしれない、と口にしていた。勝弘さんももうすぐ船会社に再就職するつもりだと話していた。この六人で仕事をするのもあと二カ月ほどか……、と考えると少し寂しくなったが、そういう感傷を吹き飛ばすように後ろから肩を叩かれた。

犬《いん》ぐわーを殺すのにどうやるか、分かるか？

金城さんが酒で赤黒くなった顔を近づけ、汗まみれの作業着から饐えたにおいを放ちながら訊いた。返事ができないでいると、金城さんは棒を振る仕草をし、大きな声で言った。

犬はよ、棒で頭を殴ってもなかなか死なんわけよ。鼻をな、思い切りぶん殴るとな、一発よ。

そう言ってもう一度、棒を振る仕草をし、いつの間にか七輪にかかっているアルミ鍋を指さした。

犬の肉だが、食べてみるか？

返事をするより先に盛勇さんがどんぶりを持って来た。うり、喰《か》めー、と言って差し出す。礼を言って受け取ると、昆布や冬瓜の間に赤肉が汁からのぞいている。犬の肉を食べたことはなかったが、ヤギとそっくりで素人には混ぜても分からない、ということは知っていた。

小学生の頃、家で飼っていた犬を父親が隣町のヤギ料理店に売ったことがあった。金剛という名前だけは立派な雑種の中型犬だったが、自分の運命を悟ったのか料理店の人が連れて行こうとすると、足を突っ張って必死で抵抗していた。売らないで、と泣いて父に訴えたが、動物をとてもかわいがるかと思うと一転して冷淡にもなる父は、さっさと犬小屋を掃除し、いつまでもぐずっている私に拳骨を見舞った。

犬汁はなかなか美味だった。みなミジュンやサザエをあれだけ食べたのに、お代わりをしてアルミ鍋を空にした。桟橋に足を投げ出したり、寝転がったりしながらしばらくゆっくり飲んでいた。勝弘さんが思い出したように訊いた。

そういえば金城さん。この間まで港にいた白い犬、どうなったかな。最近、姿を見ないな。

時おり、港に犬や猫を捨てに来る人がいて、そのまま野良犬になって港内をうろつくのがいた。二週間ほど前から割と大きな白い犬が棲み付いていて、人懐っこいので釣り人から餌をもらい、昼は倉庫の軒下で寝そべっていた。

盛勇さんが笑いながら言った。

こいつは残酷だからな。この間、売店からパンを買ってきて除草剤に漬けてな、あの犬に食わせよったさ。口から泡を吹いてぶっ倒れてよ、死んだみたいだったが、その後どうなったか？

金城さんがにやにや笑いながら答えた。

お前らの腹に入ってるさ。

みな一瞬、顔を見合わせ、安吉さんと勝弘さんは桟橋から海に顔を出して吐こうとし、盛勇さんは顔をしかめてサバ缶詰の汁で割った泡盛を飲み干した。上原さんと島袋さんは茫然とした顔でアルミ鍋とどんぶりに目をやり、宮城さんは立ち上がると、お前如き者《いゃーぐてーぬむん》は《や》叩き殺《たっくる》し《ち》てとぅらす、と棒切れを探し始めた。

冗談よ、冗談。あの白犬《しるいん》ぐゎーは埋めたさ。この鍋は別の犬の肉やさ。

宮城さんの怒りに恐れをなしたか、金城さんがあわてて説明したが、みな半信半疑だった。

本当《ふんとー》やらや？　嘘物《ゆくしむぬ》言《い》いーしーねー赦さんどー。

棒切れがなかったのでブロックの破片を手にした宮城さんが立ったまま金城さんをにらみつけた。冗談るえーびたーしが、と金城さんは丁寧な口調で弁解した。宮城さんは怒りを鎮めかねるように海にブロック片を投げ捨てた。水音に金城さんは首をすくめ、座った宮城さんのコップに泡盛を注いだ。しばらくみな白けたように黙っていたが、場の雰囲気を変えようとしたのか、金城さんが上原さんに話を振った。

汝達《なったー》や戦争中、中国居《う》てぃ良い思いしちゃんてー。あそこの女子《ゐなぐ》何名うち食《くゎー》らったが？

上原さんはうつむいて泡盛を含み、答えなかった。金城さんが畳みかける。

我達《わったー》伯父さんの話やしが、支那居《う》てぃ、殺《くる》ちゃい、強姦しちゃい、やりたい放題やたんでぃ言うしが、汝《なーん》もそうとうしちゃんな？

ひどい侮辱だと思っていると、上原さんは小さな声だがしっかりと言った。

我達《わったー》の部隊やそんな風《うんねーぬ》こと無《くとぅねー》んたん。

金城さんは信じられないというように首を振った。

さー、どうだか。してぃ居りても《うてぃん》、したとは言えぬことも《いらんくとぅん》、戦やれー多いはずやー。

上原さんは顔を上げて金城さんをにらんだが、もう言葉を返さなかった。泡盛をコップにつぎ水で割らずに飲んだ。安吉さんが何か言いかけたがやめた。口を開いたのは宮城さんだった。

水《みじ》が飲《ぬ》まらぬよー、何人も死んだやさや。

いきなり宮城さんが話し出したので、金城さんはひるんだようだった。宮城さんはいつも充血している目で金城さんを見据え、低いがよく通る声で話し続けた。

何十キロぬん行軍続《ちじき》けてぃ来《ちー》てや、ようやく小村《ぐなむら》見つけたんばーやしが、人《ちゅー》や一人《ちゅぃ》ぬん居《う》らん。皆逃《むるひん》ぎてぃおる《うん》ばーやさ。食べ物もわずかしか残《ぬく》てぃ居《う》らん。家畜も居《う》らん。水を飲《ぬ》まんでぃすると《しーねー》、井戸にも泉にも毒の投《なぎ》げ込《く》まってぃ飲《ぬ》まらぬ。仕方無《ねー》いらん。また行軍続け《き》たしが、喉《ぬどぅ》の乾《かーらち》いて体の《ぬぬ》持《む》たぬ。ばたない倒れていきよる。倒れとる仲間の口開けてい、白くなとーぬ舌引っ張り出だして《いじゃち》、自分の唾を指先につけてぃ舌にすり込んでとぅらしねー、人間というものはよ、ほんの少しやてぃん、水分の摂《とぅ》らりねー、またよろよろ立ち上がてぃ、歩き始めるばーやさ。しかし、また倒れてぃやー。哀りぃなむん、舌に唾をこすりつけても立ちきれんねー、もう最期《なー》。目も《みーん》開きっぱなし、太陽の《てぃーだぬ》顔《ちら》に当たてぃん閉じんさん。そうなり《あんちない》ねー見捨てていくしかねん。一緒《まじゅん》に戦ってぃ来《ち》ゃーぬ仲間をやー、捨《し》ててぃ行ったばーやさ。沖縄から一緒《まじゅん》やたん者《むん》ぬん居《うぃ》りたさ。自分が歩くのもやっとるやくとぅ、助ける事もならん。哀りどー本当に。そうやって《あんちしち》歩いて《あっち》、歩いて《あっち》、次の村に着《ち》きねー、なー収《うさ》まらんよ。わじわじーしちぷしがらん。シナ人を見つけしだい殺《くる》さんねー気がすまん。男《ゐきが》や逃《ぴんぎ》げてぃ、年寄《とぅしゆい》、女子《ゐなぐ》、童《わらび》しか居らんてぃん、見境は《や》無《ねー》いらん。片っ端から皆殺してー。女子は強姦して、陰部《ぼー》んかい棒を突《ち》っ込《く》んでぃ蹴《き》り殺《くる》ち、童は《わらびや》母親の目の《みーぬ》前《めー》で《じ》切《き》り殺し《くるち》、足《ぴさ》を掴まえてぃ振《ぶん》り巡《みぐ》らち頭を石で叩き割った者《もの》も居ったさ。泣ちゅぬ親《うやん》も強姦しち、家《やー》に火着けて《ぴーちきてぃ》生きたまま焼き殺した《くるちゃ》んてー。今《なま》考えりねー狂《ぷり》てぃ居《うぃ》りたんでぃる思われ《うまりー》しが、水の《みじぬ》飲《ぬ》まらぬ苦しさや我慢ならん。喉の《のどぬ》乾いて《はーらち》、一滴やてぃん水飲《ぬ》み欲《ぶ》せーむん、目の前の水んかい毒入れられたら、人間は誰《たる》やてぃん狂者《ぷりむん》に成んどー。今《なま》やれー自分《どぅー》の国を侵略さってぃ、自分の村襲わりてぃ、シナ人の怒《わじ》るしや当たり前《めー》んでぃ思いしが、その時はやさやー、冷静に物も考えられぬ。我達《わったー》も沢山《ちゃっさん》死んで居るから。戦場で水飲《みじぬ》まらぬ苦しさ。当たてーぬ人《ちゅー》しか分からんさ。これのどこが良い思いが？
宮城さんに見据えられ、金城さんは目をそらして首にかけたタオルで顔を拭いた。宮城さんはコップに水を注ぎ、一気に飲み干した。すでに暗くなっていて、自動点灯した港内の照明灯の明かりを頼りに、残っているミジュンに箸を伸ばした。みなしばらく黙りこくっていたが、珍しく安吉さんが話し始めた。

戦争中よ、小禄の洞窟《がま》に隠《はんく》れてぃ居《うぃ》りたる《ん》ばーやしが、水《みじ》の《ぬ》無《ねん》くなてぃよー。外や爆弾ぬバンない落《う》ちてぃ、出《いじ》でりも《ん》ならぬ。中には鉄血勤皇隊の中学生と我《わん》の《ぬ》二人《たい》だけやたしがよー、この《くぬ》中学生や爆風で《じ》飛《とぅ》ばさってぃ意識が無《ねー》いぬよー、どこも《だーん》痛《やま》めてい《ちゅ》る《ぬ》箇所《とぅくま》や無《ねー》いぬ如く《ぐとぅ》有《い》りたしが。我《わん》が背負てぃ連《そー》れてぃ来《ち》ゃーしが、疲れてぃ動きされん。もう最期やさやー、んでぃ思ったしが、喉《ぬどぅ》の《ぬ》乾いてならん。死ぬ前に水《みじ》が《ぬ》飲《ぬ》み欲《ぶ》さぬならん。どうしたと思うか？

いきなりそばに座っていた私に安吉さんが訊いた。すぐに反応できなかった。答えきれない私に教えるように、安吉さんは目を見つめて言った。

洞窟の入り口の近くによー、平たい岩の有《い》りたんよ。中学生引き摺ってこの岩の上に置いてよ、丸裸にしたわけやさ。明け方なてぃ気温の下がるさや、岩の表面によ、人の体から出た水分の露《ちゅ》なって落ちるわけよ。人の体の周りを囲むようによー、露が光ってよー。我《わん》やよー、その露をなめてぃ《ん》生き延びたさ。中学生は死んだ《やしじゃー》しが……。

外灯の青みを帯びた白い光に安吉さんの顔の火傷痕が影を作る。一瞬、夜明け前の薄明かりが差し込む洞窟の入り口で、平たい岩の上に置かれた中学生の体のそばに腹這いになり、小さく光る露をなめている若い安吉さんの姿が目に浮かんだ。丸裸にされた中学生の体は瑞々しく、それが自分の体に変わったと思うと、安吉さんの舌が脇腹を這ってくる感触がして鳥肌が立った。

汝《なー》やまた、宮城さんの話を聞き《ちち》、負けない《まきらん》気持ちさーに作り話しておるてー。

横から金城さんが茶化すと、作り話やあらん、と安吉さんは気色ばんで金城さんをにらみつけた。その様子を金城さんは面白がった。

人間の体から、そんなに露の落ちよる《うちゅん》な？　中学生裸なして、汝《なー》や別のもの《びちぬむん》舐め《なん》たんてー。

盛勇さんと宮城さんが笑い声をあげ、安吉さんは頰の火傷痕を引きつらせていたが、コップの酒を海にぶちまけると、立ち上がって去っていった。後を追おうとすると私の腕を摑まえ金城さんが、相手にするな、今日はもっと飲め、とコップからあふれるほど泡盛を注いだ。

その夜、解散したのは十時頃だった。二次会のスナックに連れていかれそうになったが、トイレに行くふりをして倉庫の陰に隠れ、どうにかやり過ごした。家までは五キロ以上あったが、バイクを置いて星空を眺めながら歩くことにした。港の門を出て安吉さんの家の前まで来た時だった。猫の鳴き声に足を止めると、シークヮーサーの木の下にしゃがんで安吉さんが、猫にミジュンの腸をやっていた。

今日はお疲れさんでした。

そう言って立ち去ろうとした時、安吉さんがつぶやいた。

我《わん》や、露《ちゆ》なめてぃ生き延《なん》びたんよ。

安吉さんはうつむいたまま数匹の猫の体をなでていた。黙ってうなずくことしかできなかった。家に向かって歩き、五十メートルほど行って振り向くと、安吉さんの姿はなく、一匹の猫が路上に出てこちらを見ていた。

週が明けてからも同じように港で働いて、九月いっぱいでバイトをやめると那覇に出た。それっきり、港で働いた人たちと顔を合わせることはなかった。

安吉さんが亡くなったのを知ったのは、六年後の冬だった。大晦日に実家に帰り、テレビを見ながら夕食を取っていると母が、ひと月ほど前に安吉さんが自宅で倒れているところを近所の人が見つけ、救急車を呼んだが、すでにこと切れていた、という話をした。

寒さの厳しい朝で、朝食を取っているとき心筋梗塞を起こしたらしい。半開きの口の中には乾ききった飯《めし》の粒が残っていたという。

ずっと独り者だったみたいだねー。最期にねー、水を含ませてあげる人もいなかったんだね……。

母がつぶやいた。返事をせずに食事をつづけたが、テレビの画面を向いていても目に見えるのは、洞窟《がま》の中で岩にへばりつき、裸の死体のまわりに落ちた露をなめている安吉さんの姿だった。

我《わん》や、露《ちゆ》なめてぃ生き延びたんよ。

安吉さんの声が聞こえた。数匹の猫が安吉さんの体をなめて起こそうとしている様子が目に浮かび、箸を置いてゆっくりとコップの水を飲んだ。

神ウナギ

確かにあの男《ぬゐきが》やたん。

居酒屋のカウンター席に座った安里《あさと》文安《ふみやす》は、泡盛を口に含みながら、胸の中でくり返した。最後にその姿を見てから四十年以上が経ち、男は七十歳前の老人となっていた。短く刈り上げた髪はほとんど白髪になっていて、日に灼けた地肌が透けて見えた。しかし、面長の頬に縦に走る傷と細く鋭い目、長身の立派な体格は変わらなかった。

文安と男は会社員二人をはさんでカウンター席に座っていた。カウンターには六人が座れ、ほかにテーブル席が三つあるだけの小さな店だった。男は一時間ほど前にやってきて、刺身と冷奴を肴にビール一本と日本酒を二合飲んで帰った。常連客らしかったが、文安が店に来るようになったこの二週間は会ったことがなかった。

四月に沖縄から出稼ぎに来て、工場で自動車の組み立てをやっていたが、会社が借りたアパートの近所で飲むくらいで、二駅離れたこの店には九月に入って通うようになった。駅前のパチンコ屋に行った帰りに、泡盛と簡単な沖縄料理がメニューにある店をたまたま見つけ、一人で静かに飲むため週に二回ほど通っていた。

五十歳前後の夫婦二人でやっている店は、駅のすぐ近くにあって繁盛していた。店主は若い頃、沖縄の離島にダイビングをしに通ったといい、同世代の文安に気さくに話しかけた。店が立て込んでくると文安はテレビを見ながら、カウンターの隅の席で黙って飲んでいることが多かった。生ビールを二杯飲み、翌日仕事があるときは泡盛を一合、ない時は二合飲んで帰るのが常だった。

その日もゴーヤーチャンプルーや島ラッキョウを肴に飲み、二杯目のビールを飲み干して、泡盛に切り替えたところだった。その男が店に入ってきてもまったく気にしていなかった。間には会社員が二人いて、仕事のことを熱心に話していた。カウンター席に座った男に女将がおしぼりを渡しながら、お久しぶりね、赤崎さん、と声をかけた。

耳から首筋に冷たく鋭いものが走った。文安は体を後ろに引いて男の方を見た。おしぼりで顔を拭き、女将に笑いかける男の頰に深い縦の傷が影を落とした。あの男だ。文安は直感した。歳は取っていたが、頰に傷のある横顔を忘れることはなかった。

男と店主の会話に耳を澄まし、料理や酒の味も分からなかった。赤崎と呼ばれた男は、体調を崩してしまい、このひと月は家で休んでいることが多かった、と話していた。今週に入ってやっと子どもたちに剣道を教えるのを再開したと言い、今日から酒も再開だ、と声をあげて笑った。客の中にも知り合いが多いらしく、テレビの野球中継や町内会の行事について雑談に応じていた。まわりからは信頼を置かれているらしいことが伝わってきた。

会話の中で、赤崎さんは剣道の達人だから……、という声が耳に入った。月明かりの下で日本刀を手にした赤崎の姿が目に浮かんだ。抜き身の刃に青白い光が走る。砂浜にひざまずかされた男の影が前に崩れ落ちる。泡盛のグラスを持つ手が震え、文安はグラスを置いて横を見た。酒で顔が赤らんだ赤崎は快活で、子どもたちに指導している様子を楽しそうに話していた。

赤崎が店を出るとき、文安は二合目の泡盛を飲んでいた。後を追おうか迷ったが、席を立つ勇気が出ないまま時間が過ぎた。十時前になり、泡盛を飲み終えて文安は店を出た。もともと酒は強かったが、ほとんど酔えないまま電車に乗り、アパートに戻った。その間ずっと赤崎のことを考えていた。

アパートは台所や浴室、トイレのほかに二間あり、出稼ぎで来ている者二人に一部屋ずつ割り当てられていた。同室の相手は北海道から来ている三十歳前後の男だった。寡黙で部屋にこもっていることが多く、あいさつ以外に言葉を交わすことはなかった。シャワーを浴びて床に就いても、赤崎のことが頭から離れなかった。眠れない脳裏に四十年以上前の村のことがよみがえった。

一九四四年の夏だった。村に友軍の部隊がやってきた。村に三つある国民学校の校舎が各部隊の本部や宿舎となった。教室だけでは足りず、周辺の民家にも兵隊が数人ずつ寝泊まりしていた。授業はほとんど行われなくなり、文安たちは連日、塹壕や防空壕掘り、農作業の手伝いに駆り出された。青年や大人たちは、十キロほど離れた島に造られている飛行場の建設に、二週間交代で動員されていた。国民学校の生徒たちは重要な働き手であり、友軍の役に立てることが、文安には嬉しくてならなかった。

文安たちの学校は港に近いこともあり、海軍の部隊が入った。村の東側にある港から対岸の島との内海にかけて、魚雷艇や特殊潜航艇が配備されていた。港だけではなく、港を一望できる高台も立ち入り禁止となった。いつも薪を拾い、ヤギの草を刈っていた場所に文安たちは入れなくなった。しかし、それに不満を持つ者はなかった。怪しい人物を見かけたらすぐに友軍に通報するように、という指示が子どもたちにも徹底されていた。子どもだから相手は油断する。間諜《かんちょう》摘発に君たちが果たす役割は大きい。担任の教師はそう激励し、文安たちもその気になった。

防諜を徹底することは、部隊が村に入った翌日、校庭に並んだ文安たちに、赤崎という隊長が強調したことだった。真新しい軍服に艶やかな軍靴、黒鞘の軍刀を吊った赤崎が演壇に上がると、文安たちは全身が硬直し、ため息をつきながらその姿に見入った。赤崎は二十代半ばにしか見えなかった。実戦経験に乏しい青年将校でしかなかったが、その時の文安たちは知る由もなかった。頰にある傷が赤崎を歴戦のつわものに見せていた。長身の身体をまっすぐに伸ばし、演壇の上から文安たちを見下ろしている赤崎の姿は凜々しく、甲高い声で発せられる一言一句に、文安は興奮と畏敬の念を覚えた。

赤崎隊長は、軍は死力を尽くして米軍の上陸を阻止すると言明し、島民も老若男女を問わず護国のために献身、奮闘することを求めた。文安たちも少国民として、自分の島を自分の手で守るように叱咤された。

敵は軍の動向を探るために間諜を送り込む。怪しい動きには目を光らせよ。港は軍の重要施設であり近寄ってはならない。まわりの森に上ってはならない、と赤崎はくり返し注意した。

文安たちは身動き一つせず、集中して訓示を聞いた。誰もが赤崎隊長に魅了されていた。やたら声を張り上げる配属将校と違い、赤崎の言葉は穏やかだった。日に焼けてはいても、沖縄の男たちに比べれば、その顔はずっと色白に見えた。厳しい表情を浮かべてはいたが、威圧的ではなかった。それがいっそう文安に、本物の軍人はこんなに立派なのだ、という印象を与えた。

わが軍は必ず勝つ。米英連合軍を撃滅して、皇土を守り抜く。諸君も自分たちの生まれ育った郷土を守り抜け。この島は皇土防衛の前線である。赤崎はそう言うと、直立不動の姿勢をとった。

天皇陛下の大御心に従い、忠節を尽くせ。

赤崎隊長はそう締めくくって演壇を下りた。深い溜息が校庭に広がっていった。生徒たちの目はすべて赤崎隊長の一挙手一投足に向けられていた。赤崎隊長が部下を引き連れ、校長に案内されて校舎内に消えるまで、動く者はなかった。

赤崎隊長の命令ならどんなことでも実行する。

文安はそう思った。友軍のために役に立てるなら、命を捨てても惜しくなかった。気持ちが高揚すると体が震えるという体験を、文安は初めて知った。

夕食のとき、文安は昼間の興奮が冷めないまま、校庭での集会の様子を家族に話した。友軍が沖縄に来たから米軍はもう沖縄に近寄ることもできない。もし、上陸しようものなら友軍の餌食になるだけだ。その時は自分も一緒に戦う、と早口で話した。母親のフミは不安そうな顔で聞いていた。

何かあったらよ、我《わ》んがおっかーや明子たちを守るからよ。

文安はそう言って、五歳になる妹の明子の頭をなでた。それまで黙って聞いていた父の勝栄が、忌々しそうに口を開いた。

お前《いやー》が米軍とぅ戦てぃ、勝ちきれると思《ゆしんでぃうむ》ゆんな？

ランプの光が父の太い眉の下に影を作り、そこから不機嫌さを露わにした視線が放たれていた。文安は高揚した気分が一気にしぼみ、殴られるのではないかと恐れた。どうして父がそんなに怒っているのか分からなかった。

お前《いやー》やアメリカんでぃいうぬ国が、どれ《ちゃぬ》くらい《あたい》大国《まぎくに》んでぃ分かとぅんな？

文安は答えきれずにうつむいた。勝栄は吐き捨てるように言葉を継いだ。

アメリカが《ぬ》鷲やれー、日本や雀《くらやまー》るやんどーやー。雀の《ぬ》鷲に勝ちきれるか《ゆしんな》？

文安が頭から下ろした手を明子が怯えたように握った。小さな指に力が込められている。文安がやさしく握り返したのは、自分のためでもあった。父ににらまれて文安は口の中の芋を呑み込めなかった。母が父の膝を軽くたたいた。

そんな強く《あんちちゅー》言いみそらんけー、童《わらび》るやるむんぬ。

勝栄は怒りを鎮めようとするように目を閉じ、息をついた。

勝てない《かたらん》戦《いくさ》するしや狂人《ふりむん》るやる。

勝栄は低い声で言った。

あんた、他人に聞かれたら大変するよ。

そう言ってフミは土間の引き戸を見た。明子が今にも泣きそうに顔をしかめた。フミは明子を抱きしめると、何《ぬん》もあらんさ、と薄い背中をなでた。文安は父に対する反発を押さえて夕食の芋を食べ終えた。

四十一歳の勝栄は二十代の頃、先に移民した叔父を頼って、ハワイに渡ったことがあった。三男の勝栄には分け与えられる土地がなかったので、ハワイで一旗揚げようと考えたのだった。叔父の家族とともにサトウキビの農場で働いたが、もともと丈夫ではなかった体を壊し、大して金を貯めることもできず沖縄に戻った。

勝栄は衰弱した体を実家の裏座で横たえ、挫折感とムダ飯を食っているという負い目にさいなまれた。いくら焦っても体はなかなか回復せず、吐血までするようになった。肺病になったかと不安が高じたが、悪くなったのは胃の方だった。食事が思うように摂れないのでやせ細り、農作業どころか一時は便所まで歩くのもやっとの状態だった。厄介者意識を抱えて鬱々とした日をすごし、一年以上も療養生活を送った。

体力がどうにか回復すると、勝栄は那覇に出て理髪店の見習いとなった。手先は器用だったので、三年修業したあと、村に戻って小さな店を構えた。自分で貯めた金を元手に足りない分は実家から借金したが、母親が長男と父親を粘り強く説得して金を工面してくれた。口下手ではあったが腕は確かで、那覇で流行っている新しい髪形を取り入れたので客はよく入った。勝栄は生活費をぎりぎりまで節約して、五年で借金を返した。予定よりもだいぶ早かったので、両親や長男は驚いていた。

五年の間に勝栄は同じ集落《しま》に住むフミを嫁にもらった。一緒になったのは勝栄が三十歳、フミが二十六歳の時だった。親同士が決めた話だったが、自分のように体が弱い者と一緒になる相手が気の毒になった。一方で、これで一人前になれる、とほっとした。

籠に入れた野菜を頭に載せ、売り歩いているフミの姿は時々目にしていた。その時は特に惹かれるものを感じたわけではなかった。一度結婚していたが、子どもができないため離婚させられたと聞いた。一緒に暮らすようになって、思いやりの深い性格であることを知った。勝栄とは対照的に体が丈夫で、店の手伝いと同時に実家から譲られた百坪ほどの畑で芋や野菜を作り、売り歩いた。畑の隅に小屋を作ってヤギも飼い、楽しそうに働く姿は見ていて気持ちよかった。

一緒になって二年目に長男の文安が生まれた。勝栄とフミはそれぞれ、自分の身体では子どもはできない、と思い込んでいた。驚くと同時に安堵の思いが喜びを増した。勝栄は体の弱い自分を支えてくれるフミに、感謝の言葉をよく口にした。男から優しい言葉をかけてもらうことはフミには予想外だった。口数が少なく気難しい男と思っていたのに、実際は優しい男だったことをフミは喜んだ。そのあと明子も生まれ、理髪店も順調で、家族四人での暮らしに勝栄もフミも、自分にもこういう生活ができたのか、と満足していた。

心配なのは戦局が悪化しているらしいことだった。物資不足が当たり前になり、店で使う石鹸や剃刀などが手に入りにくくなった。サイパンやテニアンが敵の手に落ち、南洋に移民で出ていた村の人たちが犠牲になった、という話が聞こえてきた。フミの親戚はパラオに移民していて、大丈夫がや……と不安が募った。

病弱な勝栄は若い頃に受けた徴兵検査も丙種合格で、役立たずの烙印を押されたようなものだった。表には出さなかったが、内心では兵役につかずにすんだことを喜んでいた。

米国との戦争が始まったとき、日本政府、軍部の無謀さに呆れた。ハワイで目にした米国の工業力、生産力、豊かさを思い出すと、日本が勝てるとは思えなかった。真珠湾への奇襲攻撃が成功したという報道に皆が浮かれ騒いでいる時も、ハワイにいる親戚や沖縄人がどういう目にあっているかを心配していた。

フミにはひそかに本音を話すことがあった。ハワイでの暮らしを語り、アメリカの国力がいかに巨大であるか、日本が太刀打ちできる相手ではない。日本が勝った、勝ったと浮かれ騒いでいるのは信用できない。

政府の首脳や、狂《ふ》りてぃる居《う》りる。

政府や軍部の愚かさを批判する勝栄をフミは不安げに眺め、まかり間違っても客の前でそういうことを口にしないように注意した。

それくらい分かっておるさ。

勝栄は笑いながら答えたが、フミの不安は消えなかった。案の定、散髪の最中、客がアメリカのことを見下し、神国日本に敵なし、というような楽観論を口にすると、勝栄は我慢しきれずにハワイでの見聞を語り、アメリカを侮ってはいけない、と抑え気味にではあるが自分の考えを口にしていた。

たいていの客は、そんなものか、と聞き流していたが、中には嫌な顔をする客もいた。そういう客が次第に増えているのをフミは感じていた。やがて、話しながら怒りだし、こんな店に二度と来るか、とガラス戸を叩きつけて帰る客も出始めた。フミは何度も注意し、勝栄も余計なことを言ってしまった、と分かってはいたが、話しているうちに苛立ちが募って、自分を抑えきれないでいた。

しかし、村に友軍が入ってきてからは、言動に細心の注意を払っていた。ただでさえハワイ移民帰りは目をつけられるのに、これまで口論になった村人から友軍に話が伝えられているかもしれない。フミは実家に寄った時に父親から、移民帰りは間諜と疑われやすいから注意しろよ、と注意されていた。勝栄に伝えると、分かっている、とさすがに緊張した顔でうなずいた。

恐れていたことが起こったのは、日本軍が村に来て一カ月半ほどが過ぎた九月の末頃だった。学校を終えて文安は友人三人とヤギの草刈りをしていた。そこに同級生の清和が走ってきた。

お前の、お父が、大事《でーじ》、なってる。

汗まみれの清和は、息を切らして文安に告げた。産泉《うぶがー》の所に父と友軍がいることを確認して文安は走った。ほかの三人も後ろについてきた。右手には草刈り鎌を握りしめ、父に何かあったらこれで助ける、くらいの気持ちだった。産泉は集落の発祥地とされる神聖な泉だった。澄んだ水が湧く泉の上は西の森《いりぬむぃ》と呼ばれ、椎やイジュの大木が茂っていた。ガジマルの枝が扇のように張り出し、樹陰をつくる下に、水の湧き口を囲んで石垣が積まれていた。コの字型の石垣の開いた場所は階段になっていて、道から下りて水が汲めるようになっていた。階段の石は縁がすり減り、古い時代から村人が使ってきたことが分かった。村でも一番きれいで甘い水として、産泉は集落の人の自慢だった。集落で生きる者は、生まれてから死ぬまで産泉の水を飲んで暮らした。

産泉は飲み水として使われるだけでなく、石段の横から道の下に掘られた水路を通って田んぼに引かれ、いくつもの用水路に枝分かれし、周辺の稲を育てていた。まわりの村が夏の日照りに苦しんでいるときも、産泉が枯れることはなく、皆を羨ましがらせていた。

文安ら子どもたちが朝起きてまずやる仕事は、産泉から水を汲んで家の水甕を一杯にすることだった。それに不満を漏らす子どもには、毎朝水を汲めるのがどれだけ幸せなことかを親が説いて聞かせた。産泉は集落にとって命の源だった。

石段を下まで下りると一畳ほどの平たい岩があり、手前は五十センチほどの深さになっていた。底は傾斜して五メートルほど離れた奥の方は二メートル以上の深さがあった。水が澄んでいるので、底を歩く大小さまざまなカニやエビがはっきり見えた。白い木の根が老人の髭のように揺れ、青みがかった底の岩の重なったあたりに湧き口があった。

湧き口には昔から大きなウナギが棲んでいた。長さは一メートル半ほどもあり、太さは三合瓶より大きかった。神ウナギと呼ばれて、けっして捕ってはいけない、大事にしないといけない、と村人は誰もが小さい頃から教えられていた。産泉の守り神《うぶがー》であり、村の守り神でもある。神ウナギが湧き口を出入りするから泉は詰まらずに湧き続ける。もし神ウナギを捕ったり、傷つけると泉は枯れてしまい、水を失った村人は暮らしていけなくなる。そう言い伝えられていた。もし神ウナギにいたずらしたり、悪さをしたら、たとえ子どもでも村の男たちに半殺しにされかねなかった。

文安たちも周辺の川や田んぼの用水路ではカエルを餌にウナギ釣りをしたが、産泉の神ウナギにだけは手を出さなかった。村人に大事にされてきた神ウナギは人を恐れなかった。湧き口から出て石段のすぐそばまで来ることもあり、水を汲みにきてその姿を目にすると、金色を帯びた褐色の肌に黒いまだら模様が浮かぶ大きな体に畏敬の念が湧いた。一人のときは怖くなるくらいで、手を合わせて急いで水を汲み、逃げ帰るときもあった。

その神ウナギがいま、数名の日本兵の足元に横たわり、石灰岩の白い埃にまみれて陽にさらされていた。皮膚は乾燥して背びれが背中に貼りつき、クリーム色の腹を見せていた。時々鰓《えら》を開け閉めしているので生きているのは分かったが、このままでは長く持たないのが明らかだった。

半開きの口の上顎から太い釣り針が突き出していた。それに続く釣り糸は若い兵隊が右手に巻きつけている。そのそばに赤崎が立ち、勝栄と向き合っていた。まわりを二十人ほどの村人が囲んでいた。間から前に出ようとして文安は怒られたが、勝栄の長男だと知って近所のウシ小母さんが前に立たせてくれた。

日本軍は村に対し、兵隊の食料の供出を命じていた。村人にとっては貴重なたんぱく源である豚やヤギ、鶏が各家から提供されていた。海で魚を捕ってきて提供する家もあった。それだけでは足りず、何も知らない兵隊が食料にしようとして、神ウナギを釣ったことは文安にも察しがついた。

そのウナギはこの泉の守り神で、神ウナギと呼ばれていて、捕ってはいけないものです。神ウナギがいなくなると、泉は枯れてしまいます。お願いですから、そのウナギを早く泉に戻してください。

勝栄はしきりに頭を下げて赤崎隊長に頼み込んでいた。すでに何度も同じ言葉がくり返されたようだった。

長身の赤崎は無表情で勝栄を見下ろしている。二人の間には神ウナギが横たわっている。

ふいに勝栄が白い道に膝をつき、両手をついた。

お願いします、早くしないと神ウナギが死んでしまいます。

地面に額をつけて頼み込む勝栄を見て、日本兵の間から笑い声が上がった。

この島の連中は、ウナギを神と崇めるのか？　本土では聞いたことがないぞ。

赤崎の後ろに立っている三十歳前後の髭面の兵隊が声をあげた。ほかの三名の若い兵隊が嘲けるように笑ったが、赤崎隊長は無表情のままだった。

本土のことは知りませんが、このウナギは村の者が大事に守ってきたんです。この泉は産泉《うぶがー》と言いますが、ここが枯れると皆さんの食料となる米も育てられません。村にとっては命の泉を守るから神ウナギと呼ばれてきました。お願いしますから泉に戻してください。

勝栄は顔をあげて必死に頼んだ。額についた白い石灰粉が汗に流れ落ちる。神ウナギの体を陽が焼き、それを見る勝栄の目は焦りに血走っていた。勝栄は地面に額を打ちつけるようにして頭を下げた。

そういう非科学的なことを言っているから、お前たち沖縄人は駄目なんだ。

赤崎が吐き捨てるように言った。面長の頬の傷が歪み、薄い唇に浮かんだ笑いが文安の胸を抉《えぐ》った。目の前で父を馬鹿にされるのは、初めての体験だった。髭面の兵隊が赤崎隊長の横に立ち、勝栄を怒鳴りつけた。

ウナギ一匹がいなくなったからと言って、泉が枯れることはない。そんな迷信はさっさと捨ててちまえ。いいか、我々は貴様らの島を守るためにやってきた。本来ならば貴様らの方から供出すべきものだ。このウナギも皇軍のお役にたって本望だろう。お前はそれが不服か？

勝栄は顔をあげてかすれた声で返した。

食料なら明日、別のウナギを捕ってきて供出します。お願いですから、そのウナギだけは見逃してください。

髭面の兵隊が呆れたように赤崎隊長を見た。赤崎の首筋から赤みが上がり頬が紅潮した。文安は赤崎の手が軍刀にかかるのではないか、と恐れ、長い指から目が離せなかった。

話にならんな。

そういって赤崎は手を伸ばし、若い兵隊が持っていた銛《もり》を受け取ると、神ウナギの頭部を突き刺した。神ウナギは身をよじって逃げようとしたが、銛の先は地面にまで食い込んでいた。それまで黙って見ていた村人の間から溜息と呻き声が漏れた。若い兵隊たちが一瞬身構えたが、村人たちは白い道に影を落としたまま、一歩も踏み出せなかった。

勝栄は地面に両手をついて、もだえ苦しむ神ウナギを見つめていた。赤崎が銛を引き抜くと、神ウナギは最後の力を振り絞って体を反転させ、全身を白い粉まみれにしてのたうった。赤崎が髭面の兵隊に銛をわたし、歩き出したのを見て、釣り糸を手に巻きつけた若い兵隊が、神ウナギの鰓に指を突っ込んで持ちあげた。体の半分は地面を引きずるので、別の兵隊が尾の部分を持ち上げようとしたとき、勝栄が神ウナギにすがりついた。

痛っ。

釣り糸が手に食い込み、若い兵隊がよろめいた。

何をするか。

最後尾にいた兵隊が勝栄の脇腹を蹴った。軍靴の先が食い込み、勝栄は脇腹を押さえて呻いた。

何が神ウナギだ、馬鹿々々しい。

最後尾の兵隊は、今度は勝栄の尻を蹴り飛ばした。赤崎が振り向き、呆れたように見ていた。

神ウナギの次は神豚をお願いね。

兵隊の一人が振り向いて、道化た声で言った。ほかの兵隊たちが笑い声をあげる。赤崎は何の反応も示さずに歩きだした。

兵隊たちが去っても、勝栄は脇腹を押さえたまま倒れていた。数人の村人が助け起こそうとすると、勝栄はその手を振り払って体を起こし、兵隊たちが去ったあとを睨みつけていた。歯を食いしばって痛みに耐えている顔は白い石灰粉に汚れ、奇怪な面をかぶっているようだった。

おとう。

文安が声をかけると、勝栄は充血した目を向けた。文安は体がすくんで何も言えなくなった。村人たちも声をかけられないまま、立ち去っていった。文安の同級生たちも、文安に目で合図して大人の後についていった。

二人だけになると勝栄はゆっくりと立ち上がり、文安を見た。まだ収まらない怒りを鎮めようとしているのが文安にも分かった。

ヤギの草や刈たんな？

文安が手にしている鎌を見て、勝栄はふだん通りの口調で訊いた。まだ、と答えると、早く刈りに戻るように言い、片足を引きずりながら家の方に歩いていく。その後ろ姿が涙でぼやけた。文安は自分の中に沸き起こる感情をどう扱ったらいいか分からなかった。それまで抱いていた友軍への信頼や憧れが揺らいでいた。父を愚弄され、神ウナギを殺されたことへの怒りと憎しみが噴出してくる。

ただ、そのことをはっきりと自覚することは無意識のうちに避けていた。日本軍の言うことが正しく、迷信にとらわれている父や村人がおかしいようにも思えた。父が日本軍に目をつけられ、何か悪いことが起こるのではないか、と不安になった。

文安は草を刈っていた森に向かい一人で歩いていった。自分の中に次々と沸き起こる感情や予感を、すべて振り払って目をそらしたかった。しかし、それらは胸の奥に冷たい棘のように食い込んだままだった。


それから二週間ほど過ぎた十月十日に、沖縄全土を米軍の艦載機が空襲した。那覇の街は九割方が焼け、文安たちの村も日本軍が兵舎にしている学校や海軍の基地となっていた港が集中攻撃を受けた。米軍の攻撃は的確だった。沖縄人の中に米軍に情報を提供した者がいる。そうでなければ偽装した陣地があれだけ攻撃を受けるはずがない。日本軍はそのように認識して防諜体制を一段と強化した。もともと移民帰りに対する警戒心は強かったが、十月十日の空襲以降はそれがより顕著になった。

移民帰りのうえに神ウナギの件もあって、自分が友軍から目をつけられていることを勝栄も自覚していた。フミから厳しく注意され、懇願もされて、友軍に対しては協力的な姿勢を見せるように心がけていた。食料の供出や陣地構築の作業にも積極的に応じていた。体の弱い勝栄には負担が大きく、家に帰ると夕食をとって倒れこむように寝ることが多くなった。戦局について否定的なことは、店の客に対してだけでなく、家族にも口にしなくなった。

文安は学校で同級生や先輩から、お前の父親は移民帰りか、ハワイで何をしていた、などと言われることがあった。間諜という言葉までは口にしなかったが、疑いの目を向けられているのは分かった。文安は何も言い返せなかった。下手に反論すると揚げ足を取られそうで、うつむいて耐えていた。そういう日は通学路の途中にあるルーズベルトやチャーチルを模した藁人形を、何度も竹やりで突いて憂さ晴らしをし、アメリカやイギリスに対する敵愾心をまわりに強調した。

その頃、同級生の中から九州に疎開する者が増えていた。疎開の呼びかけが始まった八月頃は、米軍の潜水艦による攻撃を恐れ、教師の呼びかけに応じる生徒は少なかった。しかし、十月十日の空襲のあとは、兄弟姉妹や母親、祖母らと疎開に応じる者が次々と出てきた。担任の教師は全体に呼びかけるだけでなく、個々の生徒にも声をかけていたが、文安は無視されていた。父親のせいでそのような扱いを受けているように感じ、文安は教師への反発と寂しさを募らせた。

年が明けて、村の上空に米軍機が姿を見せる日が増えた。高空を飛んで偵察していることが多かったが、時々は急降下して港や友軍の陣地に攻撃を仕掛けてきた。戦争がしだいに近づいていることを文安も実感せずにいられなかった。いざとなれば友軍が島を守ってくれる。その思いは当初に比べれば弱まったが、それでも疑うことはなかった。友軍の強さを同級生と競うように語り合い、発表される戦果を話題に盛り上がった。

三月に入ると村の中学生は鉄血勤皇隊、十代の若者たちや在郷軍人は護郷隊、それ以外の男たちは防衛隊に駆り出されていった。勝栄は病弱であるため地域の警防団の活動をやるように役場から指示され、防衛隊には動員されなかった。

本当の理由は別にあるのではないか。まわりも勝栄自身もそう感じていた。友軍は不信の目で自分を見ている。勝栄はそう認識し、間諜の疑いをかけられないように言動には十分注意をしていた。

三月二十七日の朝、店の前を箒ではいていたフミは、役場の上空に黒い点がいくつも現れ、ぐんぐん近づいてくるのを目にした。爆音が空に響きだし、友軍の戦闘機が沖縄を支援に来た、と思ったフミは、道に出ていた隣近所の人と一緒に万歳をした。

喜びは束の間だった。三機編隊で飛んできた黒い戦闘機は、役場の上空で旋回すると、急降下して機銃掃射を始めた。米軍機の攻撃だと知った村人は、あわてて逃げ始めた。その頃になってやっと空襲警報が鳴り始めた。フミは店に駆け込んで勝栄に、アメリカーぬ飛行機ぬ、戦始《いくさ》みたんどー、と叫んだ。勝栄は外に出て上空を飛翔する戦闘機を見あげ、明子を背負ったフミと一緒に裏山の防空壕に走った。

文安はすでに登校していて、教師に引率されて陣地構築の作業に向かう途中だった。産泉《うぶがー》の上の森に逃げ込み、岩陰に同級生たちと身を潜めた。

神ウナギが守ってくれるから、ここには爆弾は落ちんさ。

誰かがそう言った。

神ウナギはもう居《やなーう》らんぞ《ど》。日本兵が《ぬ》うち食らった《かーたん》。

誰かが言い返した。

罰被《ばちかん》ってぃ、余計《ゆけー》やられる《さーりんてー》さ。

別の誰かが付け加え、余計なこと言うな、と拳骨をくらわされた。頭上を覆う大木の枝の間から、低空で飛びすぎるグラマン機を文安は見た。機体が傾いた一瞬、風防ガラスのむこうに笑っている赤い顔が見えたような気がした。怒りと恐怖で膝が震えていた。

空襲が終わると、教師の指示で生徒たちは家に帰った。勝栄とフミはすでに避難の準備を終えて文安を待っていた。

にいにい、遅いよ。

明子が楽しそうな顔で抱きついてきた。緊張していた両親の顔が一瞬ほぐれた。勝栄はすぐに厳しい表情になって、食料が入った麻袋を持つように文安を促した。

勝栄が明子を背負って先頭になり、フミ、文安の順で村の南側に広がる山間部に向かった。川筋の道を二キロほど登ったところに洞窟《がま》があり、いざという時はそこに逃げ込むことを隣近所の人たちと確認していた。

洞窟は入り口が上から落ちた大きな岩で隠されていて、隙間から入ると中は百人以上が入れそうな広間になっていた。そこから枝分かれしていくつかの道が奥に続き、奥には泉も湧いていた。入り口から外の明かりが入ってきて、広場では互いの顔も分かる。文安たちが着いた時には、すでに三十人以上の住民が家族ごとに場所を確保して座っていた。

勝栄は先に入っていた人たちと、空襲の被害や日本軍の様子を話した。フミと文安、明子は岩陰に荷物を置き体を休めた。洞窟の入り口付近は木々が枝を広げ、上空からも発見されにくいはずだった。住民たちは日が暮れてから谷川に下り、外から明かりが見えないように注意しながら芋を炊き、夕食をとった。

翌朝から艦砲射撃が始まった。着弾音が地響きとなって洞窟まで届いたが、距離は遠かった。文安は父と一緒に洞窟を出ると、木々に隠れながら森の頂上近くまで上り、海の様子を見に行った。大木と岩の陰に身を潜め、恐る恐る海の方を眺めると、米軍の船が水平線まで埋め尽くしていた。大型の戦艦から赤い火がいくつも閃《ひらめ》いたかと思うと砲撃音が響く。その間を小型の船が走り回っている。数が多すぎて数える気も起らなかった。

おとう。

そう呼びかけたまま、文安は言葉が続かなかった。木の幹をつかまえている手が震え、急に尿意をもよおした。勝栄は文安を見たが、何も言わずにうなずいただけだった。しばらくして、同じ洞窟にいる男たちが数人やってきた。

あきさみよー、何《ぬ》うやが、此《う》れや……。

六十歳を過ぎた庄五郎が呆れたように言った。

此《く》れ皆《むる》、アメリカの船《ぬぷに》るやんな？

七十歳近い正吉が勝栄に聞いた。勝栄はうなずき、アメリカという国や……、と言いかけて止めた。米軍の戦艦は沿岸部を中心に砲撃を続けていた。

日本軍や何《ぬー》んでぃいち、反撃せんか《さんが》？

あんすぐとぅ。

正吉の問いに庄五郎が相槌をうつ。

友軍や大砲無《ねん》いどぅあんな。飛行機や何処《だー》んかい行じゃーが？

正吉と庄五郎がもの問いたげに勝栄を見た。勝栄はやはり黙ったままだった。一発でも大砲を撃って反撃すれば、その何十倍もの集中砲火を食らうのは明らかだった。これだけの敵艦船に対し、水際作戦で上陸を阻止するなどとうてい無理だと思ったが、勝栄は自分の判断を口にしないように注意した。

文安は歯噛みしながら、友軍の陣地から砲撃がいつ始まるか、友軍機がいつ飛んできて米軍艦を沈めるか、と待ち続けていた。男たちの問いに父が何と答えるか期待したが、何も言わないのでがっかりした。

行くんど。

勝栄が文安を促した。洞窟《がま》に戻る間も、砲撃音と着弾音が遠くで鳴り響いていた。やがてそれが近づき、洞窟に直撃弾が降る予感に文安は怯えた。それまで口にしてきた強がりなど通用しなかった。米軍の力は圧倒的だった。しかし、それを認めたくなかった。洞窟に戻って岩陰に座ると、そのうち友軍の一斉攻撃が始まり、米軍艦が次々と沈んでいく様子を思い浮かべようとした。

どんなだったね。

フミが文安に聞いた。

アメリカーぬ軍艦で《じ》、海ぬ見えら《い》んたん。

文安は答えた。

海ぬ見《い》えらんたん？

フミが不思議そうな顔をした。洞窟の中にいたほかの住民もまわりに集まってきた。勝栄は彼らにも聞こえるように海の状況を説明した。

庄五郎や正吉が戻ってきてから、勝栄は洞窟の中の全員を集めて話し合いを持った。米軍の上陸は間近であり、これからの行動はより慎重にならなければならない。昼間は外に出ずに洞窟に隠れ、外で行動するのは日が暮れてからにした方がいい。勝栄の提案を皆すぐに受け入れた。

十日ほどはみなその通りにしていた。しかし、艦砲射撃の弾着がしだいに洞窟《がま》に近づいてきて、低空飛行する戦闘機の爆音が日に何度も洞窟の上空に聞こえるようになると、動揺が広がった。もっと山奥に避難した方がいい、と言い出す人たちが出た。上原ぬタンメーという老人は七十歳を過ぎていたが体は頑健で、言い出したら聞かない人だった。家族や同調する者たち十人ほどを連れ、早朝、洞窟を出て行った。勝栄は夜間に移動した方がいい、と説得したが、暗い山道を歩くのは危険だ、と上原ぬタンメーは言うことを聞かず、洞窟のまわりが白み始めるのを待って出発した。

洞窟には六世帯、四十人ほどが残っていた。動揺は収まらなかった。時おり至近距離に砲弾が落ちると、洞窟が崩れ落ちないか恐怖に駆られた。翌朝も勝栄の店の隣に住む大城喜助の家族が洞窟を出て行った。勝栄も迷い始めていた。山の奥の方には日本軍の陣地があり、そこに近づくとかえって危険だと思った。しかし、友軍のそばにいた方が安心だ、と考える者たちもいた。すでに米軍は上陸したようであり、いずれこの付近に探索に来るはずだった。ここにとどまっていた方がいいのか、別の場所に移った方がいいのか。考えているところに、朝出て行った大城の家族が昼前に戻ってきた。

米軍《アメリカー》が来る。

大城喜助が洞窟に駆け込んでくると、勝栄のそばに寄って押し殺した声で言った。汗まみれの身体と白髪交じりの頭から発せられる臭いに、勝栄は胸がむかついた。それが怒りを増幅させた。

お前達《いったー》が我《わん》が言うし聞《ちか》かぬからやさ。

そう怒鳴りつけたいのを我慢して、勝栄は大城の説明を聞いた。洞窟を出たあと、大城は家族を連れ、谷川沿いを上流に進んだ。そのあと炭焼きのために尾根沿いに造られた山道を歩いて、隣村との境にある谷間をめざした。途中、艦砲射撃が始まったが、着弾地点は遠かったので、時おりやってくる小型偵察機に気をつけ、移動を続けた。

二時間ほど歩いて、岩陰で休憩をとっているときだった。下の谷間から人の声が聞こえた。大城が様子を見に行くと、小銃を手にした数名の米兵が、谷川を上ってくるところだった。腰だめに銃を持ち、周辺を警戒している。敵の斥候だと思った大城は、木の陰に身を隠し、五十メートルほど離れたところを歩いていく米兵をやり過ごした。近くに本隊がいるのは間違いなかった。大城は家族のところに戻ると、急いで元いた洞窟に引き返した。

お前達《いったー》が米軍《アメリカー》を案内しているようなものあらんな。

その言葉を勝栄はかみ殺した。今となっては米軍が洞窟を見つけるのは時間の問題だった。勝栄は洞窟内に残っていた住民を一カ所に集めた。大城の話を全員に伝え、そのうえで下手に動くのはかえって危険だから、ここにとどまって様子を見た方がいい、と話した。

米軍が来る前になんで逃げんか？

そういう疑問が数人から出た。

山の奥までぃ米軍の《アメリカーぬ》攻め《しみ》てぃ来ぬ《ちょー》もの《むぬ》やれー、集落の《しまぬ》方に移動しないと《さんねー》ならん。それは《うりゃ》無理やさ。無理しち逃げれ《ひんぎり》ば、かえって《けーてぃ》危なせん。

勝栄の反論に、皆押し黙った。絶望感に駆られて泣き出す女が出始めた。

米軍になぶり殺しにされる前に、自分たちで死んだほうがいいさ。

そう口にしたのは、島袋富子という四十過ぎの女だった。同調する男女の声がいくつかあった。勝栄はそういう意見が出るのを予想していた。米軍は男を捕らえると睾丸や目玉を抉《えぐ》って八つ裂きにする。女は強姦したうえで遊び半分に殺す。だから、絶対に米軍の捕虜になってはいけない。そう教えていたのは友軍の兵隊だけではなかった。村の在郷軍人たちも、自分たちが中国戦線でやってきたことを語りながら、捕虜になればどれだけ惨めか、どれだけ酷い目にあうかを話していた。若い娘がいる家はどこも、強姦されてなぶり殺しにされるという話に怯えていた。

勝栄は内心、米軍がそんなことをするはずがない、それは捕虜になることを防ぐために友軍が大袈裟に言っているにすぎない、と考えていた。だが、家族にもそのことを言わなかった。そういう考えを口にすれば、すぐに広まって日本軍に捕らえられるのは明らかだった。しかし、米軍に追い詰められて玉砕を言い出す者が出た時は、自分の考えを話し、村の者が自暴自棄になるのをとどめなければならない、と考え続けていた。

今がその時だ、と勝栄は判断した。

我《わん》がハワイに移民しておったしや、みんな知っておる《ちょん》や。アメリカやキリスト教の国やさ。むやみやたらに人《ちゅー》や殺《くる》さぬ《ん》さ。心配する《しわさんけー》な。もしかしち米軍《アメリカー》ぬ来たら《ちーねー》、我《わん》が英語で話《じ》し、説得するくとぅ、悪い《やな》考えしては《ちゃ》ならんどー。自分《どぅー》の《ぬ》命《ぬち》、簡単に捨《し》てぃてぃやならんどー。

勝栄は時間をかけて、ていねいに説得した。島袋富子や何名かは納得していないようだったが、勝栄に反論するだけの力はなかった。

勝栄はいざその時になって、誰かが早まったことをしないように願いながら、話を終えた。

何か変な動きがあったらすぐに連絡するように文安に言いつけ、洞窟《がま》の入口に行った。外の様子をうかがうと、艦砲射撃は止んでいたが、数機の戦闘機が飛んでいる爆音が聞こえた。銃撃音も断続して聞こえていたが距離は遠かった。勝栄は岩陰から出ると、近くの茂みから二メートルほどの若木をへし折り、急いで戻った。枝と葉を落として棒を作ると入り口の近くに置いた。半時間ほどそこにぼんやり座り、気持ちを休めてから洞窟の中に戻った。

投降を呼びかけるハンドマイクの声が聞こえたのは、午後の遅い時間だった。外で人がざわめく気配があり、勝栄は立ち上がると、浮足立つ皆に落ち着くよう指示した。

中に住民はいますか？　いるなら、出てきなさい。何も持たないで、両手をあげて、出てきなさい。

日本語で呼びかけられ、皆驚いたが、勝栄は日系二世の兵隊に違いない、と思った。

出《い》でてぃきみそーり。心配《しわー》しーみそらんけー。出《い》でてぃめんそーれ。

ふいに沖縄の言葉で呼びかけられたのには勝栄も驚いた。沖縄から移民した者が米軍にいるのだ、と考えた。そのことを告げてみんなを安心させると、米軍の指示に従った方がいい、と改めて説得した。文安は不満だったが、大人たちはみな勝栄の言葉に従った。女や年寄り、子どもだけでは抵抗のしようがなかったし、ハワイ帰りでアメリカのことをよく知っている勝栄の言葉にすがる思いだった。勝栄は先頭になって壕の入り口に行くと、準備してあった棒に白い布を括りつけ、両手をあげて岩陰から出た。洞窟《がま》の前には数メートルの距離を置いてハンドマイクを手にした兵隊が立ち、その背後に二十名ほどの米兵が小銃を構えていた。ハンドマイクを手にしている兵隊は、勝栄を見てほっとした表情を浮かべた。小柄で色の浅黒いウチナンチューだった。勝栄はその若い男に向かって言った。

自分は移民帰りで、ハワイで働いたことがある安里勝栄という者です。ここにいる者はみな住民だけです。日本兵は一人もいません。

ハンドマイクの兵隊はうなずき、そばにやって来た白人兵に話しかけた。長身の白人兵は指揮官らしく、勝栄を手招きした。勝栄は白旗を掲げ、白人兵の前まで行くと、同じ言葉を今度は英語で言った。白人兵はうなずいて、白旗を下すように言うと、住民にはいっさい危害を加えない。安全な場所に移動してほしいので、協力してほしい、と頼んだ。勝栄は礼を言って、協力するのでハンドマイクで呼びかけさせてほしい、と答えた。隊長はハンドマイクを渡すように指示した。若いウチナンチューから受け取ると、勝栄は洞窟の入り口から、みなに外に出るよう促した。恐る恐る出てきた住民は、銃を構えている米兵を見て立ちすくんだ。勝栄は、大丈夫やさ、と言って全員を外に出した。

ウチナンチューの兵隊が、笑顔を浮かべて言った。

我《わん》や隣村ぬ鍛冶屋《かんじゃーやー》の三男で、カリフォルニアんかい移民そーる当間盛太郎の子ども《くゎー》、当間フランクんでぃ言ゃーびん。

その言葉に安心した者もいたが、大半は警戒心を解かないまま、固まって米兵たちを見ていた。最後の一人が出てくると、隊長は二十メートルほど離れた大木の下に移動させるように当間に命じた。当間に先導されて住民が移動すると、隊長は兵士たちに洞窟の中を調べさせた。

残った兵士が住民のまわりを囲み、銃を下ろして携帯食料を住民に分け与えた。住民が食べようとしないのを見て、当間が缶詰の一つを開けて食べて見せた。勝栄が当間に倣い、食べても大丈夫だ、と示した。文安は父から渡された缶詰を手に取り、中の肉をつまんで食べた。最初はやたら辛いように感じたが、嚙んでいるうちに肉の味が舌に染みた。おいしいと感じている自分に、急に腹が立った。米兵たちは周囲を警戒しながら、携帯食料を食べている住民を眺めていた。何名かは笑っている兵隊もいたが、文安は米兵の目に侮蔑を感じて、胸の中で敵愾心を燃やしていた。洞窟内を調べ終えると、米兵たちは住民を囲むようにして麓に向かい歩き出した。

麓には大型トラックや小型車両が待機していた。文安たちはトラックの荷台に乗せられ、この間まで友軍の本部になっていた国民学校に運ばれた。今は米軍が本部に使っているらしく、校庭にはトラックやジープが何十台も並び、住民たちはそれを見ただけで気圧されていた。濃い緑のテントがいくつも張られたそばには、木箱や砲弾が山積みになっていた。トラックから降りた文安たちは一列に並ばされ、頭から白い粉をかけられた。二人の米兵が住民一人ひとりの前に立って記録用紙に書き込み、それが終わると校庭の隅に集められて待機させられた。勝栄が代表として呼ばれ、当間と隊長の白人兵から説明を受けた。住民はそれぞれの家に戻っていいが、集落を許可なく出てはいけない。勝手に移動しているのが見つかれば、射殺される可能性がある。食料は自活を基本とする。説明を終えると隊長は立ち去り、当間だけが残った。勝栄は当間とともに、不安げに固まっている皆に言われた通りに伝えた。殺されるか、どこかに閉じ込められるのではないか、と怯えていた住民は、本当に家に帰っていいのか、と何度も確認した。勝栄は米軍の指示に従い、感謝しよう、と当間を意識しながら言った。当間に導かれて歩哨が立つ校庭を出ると、勝栄たちは集団を組んだまま集落に戻った。

家は焼け落ちたものとそのまま残っているものが半々だった。家を失った家族は、残った家の一室や家畜小屋を借りて雨露をしのいだ。翌日から住民は米軍の動きを見つつ手探りで生活を始めた。米軍は昼間はジープに乗って集落を巡回警備していたが、夕方になるとキャンプに引き揚げた。友軍は山間部に潜んでいて、米軍はその掃討戦を行っていた。戦闘は山間部に限られていたので、集落内は比較的安全だった。主戦場は島の中南部であり、北部に配置された日本軍は小規模だったこともあって、四月の下旬になると、山間部での射撃音も間遠になった。友軍は、米軍が村を警備している昼間は山奥に潜み、夜になると集落に下りてきて、住民に食料を求めた。家族が食べるのもやっとの状態で、提供を渋ると無理やり食料を奪っていった。

あれだけ偉そうなことを言っていたのに、米軍と戦いもしないで逃げ回って、我達《わったー》の食料を奪っていくか。

そういう不満が住民の中に募っていったが、銃や軍刀を持った相手には逆らえなかった。陰では敗残兵呼ばわりして罵倒しても、夜になって日本兵がやってくると、村人は黙ってされるがままになっていた。

勝栄の家にも毎夜、日本兵がやってきた。たんに食料を奪うだけでなく、勝栄を探していた。勝栄は危険を察して、夜は家にいないで森や海岸の洞窟《がま》などで寝ていた。

米軍の隊長に信頼され当間と一諸に、洞窟に隠れている住民に出て来るよう呼び掛ける仕事を手伝わされていた。米軍から住民に食料が配布される時や衣服の洗濯を頼まれる時も、勝栄が間を取り持っていた。村長や区長も英語ができる勝栄を頼りにし、昼間の間は米軍のジープに乗って村内や山の中を駆け回っていた。

そういう勝栄の行動は逐一、山の日本軍に伝えられていた。住民の中には日本軍に情報を提供する者がいて、米軍に優遇されて食料や物資を多く手に入れている勝栄をねたみ、憎んでいる者もいた。そうなることは勝栄にはあらかじめ分かっていた。米軍がいなくなる夜間に日本軍が動き出すことも見通していた。昼間のうちに米軍から得た食料を家に持っていき、フミや文安に注意を与えると、夜間は家族にも潜む場所を教えず、続けて同じ場所に寝ないくらい用心していた。

それだけ注意深く行動していたのに、集落から二キロほど離れた砂浜で勝栄の遺体が発見されたのは、五月の十日だった。早朝、連絡を受けて文安は浜に走った。明子をおぶったフミよりだいぶ早く浜に着き、人だかりをかき分けて前に出ると、浜の西端にある大きな岩の陰に、勝栄がうつぶせに倒れていた。首には大きな切れ目があり、ハエが黒く群がっていた。麻縄で後ろ手に縛られ、裸にされた下半身は尻や太ももがどす黒く腫れあがっている。そばに転がっている丸太でさんざん殴られ、最後はひざまずかされて後ろから首を切られたらしかった。首は完全には切り落とされず、後頭部を踏みつけられたのか、顔は砂にめり込んでいた。背中や脇腹には何カ所も銃剣で刺された傷があり、そこにもハエが群がっていた。

ほかの村人と同じように文安も立ち尽くしたまま、動くことも声を立てることもできないでいた。

沈黙を破ったのはフミだった。叫び声をあげて砂浜を走ってくるフミに、村人の輪が崩れて道を開けた。明子を背負ったままフミは勝栄にしがみついた。無数のハエが音を立てて舞い上がり、怯えた明子が泣き声をあげた。文安は駆け寄ってフミの背中の帯をずらし、明子を抱きかかえた。顔や腕や頭にハエがとまり、文安は頭を振りながら後ずさった。フミはハエにたかられるのもかまわず、勝栄の頭を持ち上げて砂から出し、手のひらで顔の砂を落とした。二人の男があわててフミのそばに寄り、手足の紐をほどいて勝栄の身体を仰向けにした。フミが両手で持っている首がねじれ、どろどろになった血が生臭いにおいを放ちながら砂に落ちた。フミは頭を砂に置いて、ていねいに顔を指でぬぐっている。フミの目から落ちた涙が勝栄の顔を濡らした。その涙を塗りつけるように顔をなで、苦痛に歪んだ勝栄の表情を、穏やかなものに変えようとしている。文安にはそう見えた。

村の男たちが戸板に勝栄の遺体を載せて家に運ぼうとしているときだった。二台のジープでやってきた米兵数人が浜に下り、足早に近づいてきた。先頭は通訳の当間で、カメラを手にした米兵が続いた。その後ろに隊長が険しい顔で歩いており、小銃を手にした四人の兵士が護衛についていた。フミと明子を背負った文安を除く皆がさがって遠巻きに見るなか、米兵たちは勝栄の遺体を調べた。カメラマンが位置を変えて写真を撮り、隊長がしゃがんで勝栄の首の傷口を確かめ、当間に何か言った。誰がやったのか、と当間が訳して皆に聞いた。

答える者はいなかった。言わずと知れたことでも、米軍に協力したと見られるのを皆恐れた。日本軍への情報提供者はこの場にもいるかもしれなかった。

ジャップ。

吐き捨てるように言って隊長は立ち上がり、ジープの方に歩いていった。米兵たちが去ると、村の男たちは戸板の四隅を持ち、勝栄の遺体を家に運んだ。

その日、友軍に殺されたのは勝栄だけではなかった。村役場の兵事主任をしている嘉陽とその弟も夜、家から連れ出されて芋畑で斬殺されていた。その二日後にも、防衛隊から離れて家に戻っていた金城という教員が、深夜に友軍に連れ出され、銃剣で刺殺された。友軍は間諜と疑った者の名簿を作り、片っ端から捕まえて尋問し、殺そうとしている。そういう話が広がり、村の主だった男たちは夜になると家を出て逃げ回った。

昼間は山の奥に潜み、夜になると出没する日本兵には米軍も手を焼いているらしく、五月の下旬になって住民は全員が島の反対側の海岸近くに造られた収容所に強制移動させられた。文安たちも持てるだけの食料と生活用具を持ち、収容所に入った。各村ごとに割り当てられたテントでの暮らしが始まった。配給される食料だけでは足りず、海に出て貝や魚を採る日が続いた。そうやってどうにか飢えをしのいだが、ほかの家では男たちが米軍の物資を盗み、戦果を挙げた、と自慢しているのを目にして、文安は父親がいないつらさが身に染みた。勝栄や嘉陽兄弟、金城らを殺したのは赤崎隊長だ、という話が広まっていた。嘉陽兄弟が切り殺される時に、赤崎が自ら刀で首をはねるのを見た、という村人がいた。日本刀を高く構え、父の首に振り下ろす赤崎の姿が目に浮かび、文安は叫び出しそうになるのを何度もこらえた。夜、テントの下で寝る時だけでなく昼間でも、一人になると不意に涙があふれだし、おとう、おとう、とつぶやくこともあった。

やがて戦争が終わり。住民は村に戻された。それからは生きるのに必死の日々が続いた。新制の小中学校ができたが。学校に通うどころではなかった。母親ひとりの手では、高校まで行かせることが無理なのは文安にも分かった。休んでばかりで勉強についていけず、意欲も失った。中学を卒業するとすぐに働き、建設業を渡り歩いて家に仕送りし、なんとか明子を高校まで行かせた。それが父に対する一番の供養に思えて、明子が高校を卒業した時にはうれしくてならなかった。

その後は自分の家庭を築き、四人の子どもを育てるのに精一杯で、赤崎のことを思い出す余裕はなかった。最後に赤崎の話を聞いたのは中学生の頃で、山から下りて米軍に投降した時の様子だった。ほかの兵隊はやせ細っているのに赤崎一人だけ太り、慰安婦の女を連れていた、という話だった。村人には米軍の捕虜にならずに死ぬよう命じながら、自分は自決もしないで米軍の捕虜になった赤崎を誰もがさげすんだ。同時に、文安には父を殺された憎しみもあり、この手で殺してやりたい、と思った。だがそういう恨みつらみも日々の生活に追われる中で薄らいでいった。

赤崎のことは記憶の底に沈んだまま、何年も思い出したことがなかった。投降したあと米軍の収容所に入れられ、ヤマトゥに復員したのだろうとは思ったが、どこの出身でどこで暮らしているかは知る由もなかった。恨みを募らせたところで、ヤマトゥに渡って探し回るわけにもいかない。沖縄は米軍の統治下におかれ、一九七二年の日本復帰まで二十七年間、パスポートがなければヤマトゥに行くことができなかった。母親ひとりを残し「本土就職」をする気にもなれず、文安は那覇市やコザ市で数年間働いた以外は、故郷の村で暮らし続けた。

子どもたちの学資を稼ぐため五十歳を過ぎてからヤマトゥに出稼ぎに出るようになった。建設現場や工場を渡り歩いたが、初めて働きに来たこの地で、赤崎に出会うとは思いもしなかった。

赤崎が居酒屋に来るのは火曜日と金曜日がほとんどだった。それに合わせて店に通い、カウンター席の端に座って赤崎の会話に耳をかたむけた。店の主人や顔見知りの客と話すのは、子どもたちに教えている剣道教室の話題が多かった。孫の話をして喜んでいる様子は、どこにでもいる七十歳前後の男だった。身だしなみがよく快活なこの老人が、父や村の男たちを何名も切り殺したとは、たいていの人には想像もできないはずだった。

仕事中も、アパートに帰りテレビを見ている時も、別の居酒屋で飲んでいる時も、赤崎のことが頭から離れなかった。じかに話しかけて真相を聞き、謝罪を求めることを考えた。赤崎がどういう反応を示すか、いろいろと想像した。謝るのか、居直るのか、怒り出すのか、しらばっくれるのか、無視するのか、それぞれの反応に自分がどう対応するかも考えた。それを何十回となくくり返したが、実際に話しかけることはできなかった。

居酒屋を出た赤崎は、三百メートルほど離れた家に歩いて帰るのを確かめていた。家までつけたことが二度あった。少し遅れて店を出て、声をかけようとしたことも五、六回あった。ただ、あと一歩を踏み出すことができなかった。すでに九月も終わろうとしていた。勤め先との契約は半年で、十月末までだった。

文安は焦っていた。何度も赤崎の会話を聞いているうちに、四十年以上もたった今となって、赤崎の行為を問い詰めたところで何の意味があるのか、という思いを抱き始めていた。赤崎に謝罪させたところで、父親が生き返るわけでもなければ、自分の人生がやり直せるわけでもない。話を聞いている限り、赤崎は地域の人たちから信頼されているようだった。赤崎の過去を暴露して信用を失墜させようとは思わなかった。そうやって赤崎の暮らしをかき乱しても、後味が悪くなるだけのような気がした。

一方で、赤崎に何も問わず、何も言わずに沖縄に戻ることは、あまりにも自分が臆病で、卑屈なように思えた。あの時、赤崎に殺されなければ、父やほかの村人たちにも、今の赤崎と同じような幸福な生活があったはずなのだ。彼らからすべてを奪い、家族に苦しみを与えた赤崎が、何事もなかったかのように幸福に生活していていいのか。そう考えると怒りが沸々と湧いてくる。せめて一言でも謝罪してくれたら、赦すことはできなくても、これから先、少しは気持ちが落ち着くかもしれない。もし問わないままに終わったら、一生後悔するのは分かっていた。

十月に入り、最初の金曜日に文安は、仕事から帰り、シャワーを浴びてアパートを出ると、電車に乗って居酒屋に行った。赤崎は三十分ほど遅れて店に入ってきた。いつものように生ビールを二杯と泡盛を一合飲みながら、赤崎の会話に耳を澄ませた。そして、赤崎が店を出たのに続いて、飲み代をレジで支払い文安も店を出た。

赤崎は右手に杖を持ち、プラタナスの街路樹が植えられた歩道を家に向かい、ゆっくり歩いている。店から二百メートルほど行くと公園があった。そこまで来ると人通りはかなり減った。公園の入り口付近で声をかけるのはあらかじめ考えていたことだった。赤崎はすぐに振り向いた。

あんた、今までも何回か後をつけてきただろう。

赤崎の言葉は予想外のものだった。

あんた、沖縄の人らしいね。私になんか用か。

店では快活でていねいな態度なのに、赤崎の言葉はぞんざいで、こちらを見下すような表情を見て、文安の中にも反発心が湧いた。

赤崎さん、私は沖縄本島の北部に住んでいる者です。戦争中、あなたが隊長をしていた海軍の部隊があった村の者ですけどね。赤崎さん、村の浜で切り殺した男のことを覚えていますか。安里勝栄という私の父です。

向かい合って立つと赤崎は文安より十センチほど高かった。背筋を伸ばした姿勢はそのままに、鋭い目が文安の顔からつま先まで見た。

ああ、あのハワイ帰りの男か。

文安の胸に冷たく鋭いものが差し込まれ、息が詰まった。そこまで覚えているとは予想していなかった。

君は子どもだったから知らないかもしれない。あの男は、君の父親は米軍のスパイだった。

赤崎の口調は固く、鋭く、遠慮がなかった。いきなり反撃されて文安はあわてた。

そんなことはない、まったくの濡れ衣だ。

文安は受け身に回り、声が上ずった。赤崎は教え諭すような口調で言った。

君たちは何も知らないんだよ。米軍はハワイやカリフォルニアなど、米国に移民していた沖縄人をスパイにして沖縄に送り込み、わが軍の情報を入手していたんだ。そうでなければ、あれほど正確に我々の陣地や秘匿壕を攻撃できるはずがない。陣地構築に動員されたのをいいことに、内情を密通するスパイは確かにいた。

だからと言って、自分の父親がスパイだとは限らないでしょう。

文安を見下ろす赤崎の頬の傷が歪み、外灯の光が影を刻んだ。

君の父親は率先して米軍に協力していたではないか。住民に投降を呼びかけ、四六時中、米軍と行動を共にしていた。あれはもうスパイどころではない。公然とした米軍の協力者だ。戦争中に敵軍に協力して、何の処罰も受けずにすまされると考える方がおかしい。

赤崎の言葉は落ち着いていて明瞭だった。文安は赤崎を睨みつけるだけで言葉を返せなかった。

戦場で敵軍に協力する者を許していたら、私の部下たちはどうなると思う？　全滅に追い込まれるんだ。部下を守るためにも、敵に協力する者、スパイは処断しなければならない。私は当然のことをしたまでだ。

赤崎は勝ち誇ったように言った。この男はずっと自分にそう言い聞かせ、自分の行為を正当化してきたのだ。文安はそう思った。

赤崎さん、あなたはそうやって自分がやったことを正当化してるが、米軍に負けて、逃げ回った責任を、父や村の者に押し付けているだけじゃないか。沖縄の人間がスパイなんかしなくても、あなたたちは最初から、米軍にまったく歯が立たなかったじゃないか。今はもうそのことがよく分かるはずだ。村の者には、いざという時は軍とともに玉砕しろ、と言いながら、あんたらは自決もしないで逃げ回り、米軍に投降したんじゃないか。

赤崎は努めて無表情を装っていたが、杖を持つ手は震えていた。

村にはスパイなんかいなかった。自分らの非力さを認めたくないから、あんたは勝手にそう思い込み、濡れ衣をかぶせて父たちを殺したんだ。何がスパイか。恥を知れ。

ふだんはヤマトゥンチューと話すのが苦手な自分の口から、言葉が次々と出てくるのに文安は驚いていた。赤崎は薄笑いを浮かべて文安を見ていたが、額に汗が浮かんでいた。

お前たちに何が分かる。沖縄を守るためにどれだけの兵が死んだと思っておるか。

赤崎が吐き捨てるように言った。その口調に文安の声も荒くなった。

死んだのは兵隊だけじゃない。話をずらすな。あんたは村の者を守らないで殺したんだ。あんたらを友軍と呼んで頼りにし、一生懸命尽くしたのに。あんな残酷な殺し方をして、すまないと思わないのか。

自転車に乗ってやってきた若い女性が、歩道の真ん中でにらみ合っている文安と赤崎を見て、不安げに通り過ぎた。その姿に目をやった赤崎の態度が落ち着かなくなった。知り合いだったのか、まわりを見回して人がいないのを確かめてから、赤崎は声を落として言った。

軍は住民を守るものではない。国を守るものだ。あの頃、みんな国を守るために必死だった。お前に何が分かる。

そう言って立ち去ろうとする赤崎の肩をつかもうとした時だった。赤崎は振り向きざまに杖を上段に構えた。文安は右手で頭を守った。

これ以上話すことはない。帰れ。二度と来るな。

近寄れば本気で打ち下ろしそうな勢いだった。鋭い目で睨みつけている赤崎の姿が、文安には虚勢を張っているようにしか見えなかった。そうやって必死で自分を守っている、と思ったが、これ以上話すことの不毛さを痛感し、疲れを覚えた。

文安が一歩下がると、赤崎はゆっくりと杖を下し、文安を睨みつけ、踵を返した。足早に去っていく赤崎の後姿が角を曲がり、見えなくなってから、文安は駅に向かって歩き出した。

数日の間、仕事を終えてアパートに戻り、シャワーを浴びて食事をとると、ひどい疲労感に襲われてすぐに寝る日が続いた。仕事中も赤崎との対話が思い出され、怒りや悔しさが込み上げた。思い出すほどに赤崎の勝手な言い草が許せなくなり、このまま終わらせてはならない、という気持ちになった。一方で、これ以上話しても同じ議論のくり返しで、何も得ることはできないだろう、という虚しさもあった。

迷っている間に十月も半ばになった。火曜日の夕方、文安は疲れた体を引きずるようにして電車に乗り、駅近くの居酒屋の戸を開けた。それまでにぎわっていた客の会話が急に途切れた、ように思えた。いつもは、いらっしゃい、と愛想よく声をかける店主が、文安を見て顔をそむけた。赤崎の姿はなかったが、カウンターに座っていた三人の客も、気まずそうに黙り込んでいる。店の奥から出てきた女将さんが文安に合図すると、戸を開けて外に出た。

店の前で女将さんは文安に、もう来ないでほしい、とすまなそうに言った。けっして沖縄の人を差別するわけじゃないので誤解しないでほしい。沖縄の人が来てくれるのはうれしいけど、ただ、店の客とトラブルを起こしてもらっては困る。それで店の評判が悪くなったら、客商売をやっていけなくなる。昔からの常連さんとは、これからもいい関係でいたいので分かってほしい。女将さんはそう言って、何度も頭を下げた。文安は自分の方が悪いことをしたような気持ちになった。

いつもおいしかったです。有り難うございました。

文安は二度と来ないと約束した。店の前を離れ、駅に戻って切符を買おうとしたが、赤崎のやり口に怒りが収まらなかった。道路の反対側の喫茶店に入り、窓越しに居酒屋の出入り口を見た。いつもの来店時間を一時間以上過ぎたが、赤崎は現れなかった。自分がやってくることが愚かしく思え、文安は店を出た。駅で切符を買い、電車に乗って戻る間、全身がだるくて立っているのもつらかった。

女将さんに言われたことは、思った以上の心痛をもたらした。飲みに行く居酒屋は別にもあったが、一番親しんでいた店から疎まれる存在になったことが寂しかった。ここではよそ者なのだ、という思いにかられ、これ以上赤崎を追及すると、どういう嫌がらせをされるかしれない、という思いがよぎった。一方で、追い詰められたような心情になっている自分が、赤崎の術中にはまっているようで不快だった。

三日後の金曜日、週明けの火曜日、金曜日と文安はなかば意地になって、道路の向かいの喫茶店から居酒屋の様子をうかがった。しかし、赤崎は姿を見せなかった。別の曜日にも行ってみたが、赤崎は用心しているのか来店を避けているようだった。

そうこうするうちに十月も下旬となった。会社の臨時雇用期間が終わり、沖縄に引き揚げる日が近づいていた。居酒屋のカウンターで赤崎が、孫を連れて散歩に行くのが楽しくてならない、と話していたのを文安は思い出した。夕方、涼しくなってから公園で遊ばせると、夜、早く寝るので娘も喜んでいる、と話していた。三世代同居なのだな、と思った記憶もよみがえった。

赤崎の過去を家族に知らせようとは思わなかった。むしろ、それは避けたいという気持ちだった。しかし、文安にはもうその機会を狙うしかなかった。来週には沖縄に戻るという金曜日、文安は午前中で早退して隣町に行き、公園の木立の目立たない場所で赤崎が姿を見せるのを待った。

公園のイチョウが色づき、雲一つない青空に黄色が映えていた。沖縄では見ることのできない風景だった。すでに葉の落ちた木々の枝が、細い先端まで青空に浮き上がる。ひと抱えもあるイチョウの下に立って文安は、黄色い樹冠を見あげ、空を見渡した。海に囲まれた沖縄は雲がよく湧いた。雲が一つもない青空は澄んで美しかったが、島影の見えない大洋に投げ出されたような不安を覚えた。いつも雲が湧いている沖縄の空が懐かしかった。

午後五時半頃だった。公園の入り口に、五歳くらいの男の子の手を引いた赤崎の姿が見えた。男の子は赤崎の手をはなし、笑い声をあげながら滑り台の方に走っていく。その後を追う赤崎の足取りは、杖はついているが軽かった。杖は護身用なのだと分かった。子どもが階段を上がるのをそばで見守り、滑り降りるときには砂場の方に回って、笑いながら励ましの言葉をかけている。赤崎でなければ微笑みたくなる風景だった。

子どもが三回滑り終えたとき、文安はイチョウの下から出て二人の方に歩いていった。子どもは滑り台が好きらしく、砂場に降りて尻もちをつくと同時に立ち上がり、階段の方に走っていく。子どもに声をかけながら階段のそばに寄った赤崎が、文安に気づいた。四、五メートルほど距離を置いて文安は立ち止まった。この間のふてぶてしさと違い、赤崎は明らかに動揺していた。

危ないから、ゆっくり上りなさい。

子どもに声をかけ、文安を無視した。子どもが滑り降りるとズボンの尻を叩き、今日はもう帰ろうか、と言って小さな手を取った。

もっと遊ぶ。今度はブランコで遊ぶ。

男の子は手を振り払うと、ブランコの方に走っていく。仕方がない、という顔をして子どもの後を追おうとする赤崎に、文安は声をかけた。

赤崎さん、少しだけでいいから、話ができませんか。

赤崎は苦々しそうに文安を見た。

あんたと話すことはない。帰ってくれ。

赤崎さん、お孫さんはかわいいでしょう。私の父も、孫の顔を見たかったはずだ。

返事をせず、ブランコの方に歩きだす赤崎の後姿に文安は言った。

父だけじゃない。あんたに殺されたほかの人も、今のあんたのように孫と遊びたかったんだ。

文安の声が大きくなり、ブランコに乗ろうとしていた男の子が驚いた顔でこちらを見た。

子どもの前で何をするんだ。黙れ。

振り向いた赤崎は押し殺した声で言ったが、頬の傷が歪んでいた。

赤崎さん、私はあなたに一言、謝ってほしいだけだ。ただ、それだけなんだ。

文安はゆっくり歩み寄った。

子どもの前だから、黙れと言ってるんだ。

赤崎の顔は首筋まで赤くなり、息が荒くなった。背後で見ている男の子が泣きそうな顔になった。

まったく常識がない。だから駄目なんだ、お前たち沖縄人は。

一瞬、文安は目の前の光景が揺らいだように見えた。込み上げる怒りを何とか抑えようと努めたが、これ以上何か言われると、暴力の衝動を抑えられそうになかった。文安の目を見て赤崎は右手の杖を下段に構えた。

赤崎さん、そういう言い方は……。

文安の言葉をさえぎって、女の声が響いた。

何をしてるんですか、あなた。

ふいをつかれて驚き、文安は後ろを見た。三十代半ばくらいの女が足早に歩いてくる。文安を睨みつけたまま横を通り抜けると、女はブランコのそばに立っている男の子を抱き上げた。男の子は今にも泣きそうに顔をしかめたが、女に背中をさすられてどうにかこらえ、胸に顔をうずめた。

お父さん、大丈夫?

赤崎のそばに来て女が声をかけた。その言葉を聞く前から、顔や体つきを見て赤崎の娘だと文安は推察していた。

あなたですか、父を付け回している人は。

戸惑っている文安に女はたたみかけた。

あなた、父にあれこれ言いがかりをつけて脅迫しているみたいですね。これ以上やると警察を呼びますよ。あなたがどこで働いているかも調べていますよ。会社にも電話を入れますよ。

勢いづく女に比べて、赤崎の様子は一変していた。不機嫌そうではあるが元気を失い、急に年寄り臭くなって、姿勢まで前かがみになっていた。娘の同情を買い、怒りを煽るためにわざとやっているのかと思ったが、そうでもないようだった。文安が視線を送っても、うつむいて前を見ようとしない。夜、公園の前で言い合いになったときの姿からは想像がつかなかった。

あなたは沖縄の人らしいですけど、父は戦争中、沖縄で戦って、沖縄県民のために尽くしたんです。それがどうして、あなたに変な言いがかりをつけられないといけないんですか。

赤崎が娘にどういう説明をしてきたのか訊きたかった。赤崎が村でやってきたことをぶちまけようかとも思った。しかし、それをやってしまえば、母親にしがみついている男の子まで傷つけそうで、文安は胸の中の言葉を口に出せなかった。言いたいことを言って少しは怒りが発散されたのか、女は話をやめて文安を見ている。文安が見返すと、女も負けじと視線を険しくする。先に視線をそらしたのは文安の方だった。

あなたは今月いっぱいで沖縄に戻るんでしょう。それまで、もうこの街には来ないでください。父の前にもう一度現れたら、本当に会社と警察に通報します。

そこまで知っているのか、と文安は驚いた。何も言い返せないまま、文安は赤崎の右手に視線を向けていた。うなだれた赤崎の右手は杖を握ったまま震えていた。怒りなのか、怯えなのか、ただの老いによるものなのか、文安には分からなかった。

行きましょう。

娘に促されて歩いていく赤崎の後姿は弱々しく見えた。それが実際の姿なのか、向こうを向いた顔はほくそ笑んでいるのではないか、自分はうまく騙されたのではないか。そういう疑問がよぎったが、追いかけて確かめるだけの気力はなかった。

公園を出ていくまで赤崎と娘は一度も振り返らなかった。男の子だけが何度か振り向き、母親に強く手を引かれて注意された。三人の姿が見えなくなっても、文安はしばらく同じ場所に立っていた。夕焼けに変わりつつある空は光がやわらいでいたが、吸い込まれそうな青色を見ていると、なにか居たたまれない感じがして、白い雲が湧く沖縄の空を見たいと思った。二度とこの街《くぬ》に来る事や無《くとぅ》いらんさや。《ね》

そう胸の中でつぶやいて、文安は三人が向かったのとは反対側の出口の方へ歩き出した。歩くうちに、女に何ひとつ反論できなかった自分が情けなく、腹立たしくなった。最後の機会を逸してしまったことへの後悔も込み上げてきた。同じことのくり返しか。自嘲の笑いが込み上げた。同じことのくり返し……。何か、決定的に変える力がほしかった。しかし、文安にはそれが見いだせなかった。

翌週、文安は沖縄に戻った。村の家に帰って仏壇に向かい手を合わせ、両親の名前が記された位牌を眺めていると、赤崎のことを思い出さずにはいられなかった。夜、公園の前で見せた赤崎の居直りや、昼間、娘になじられたこと、居酒屋で入店を断られたことなどを思い出すと、胸の奥がざわついてくる。しかし、今さらどうしようもなかった。文安は妻の裕子が用意した食事をとるために台所のテーブルに向かった。

那覇空港に着いたのは、午後二時過ぎという中途半端な時間だった。昼食をとらずにバスに乗り込んだので、腹が減っていた。半年ぶりに食べるソーキ汁はうまかった。やわらかい豚肉に昆布と冬瓜の味がしみ込んでいた。会社の食堂のメニューは全体的に塩辛くて口に合わなかった。裕子の手料理を口にしてほっとする気持ちになった。

半年間の家の様子を聞き、会社でのことを話した。赤崎のことについては触れなかった。話しても嫌な思いがよみがえるだけだ、と思った。父の勝栄が日本軍に殺されたことは、裕子に話してあった。ただ、当時の細かい状況については話していなかった。そこまでさかのぼって説明するのは気持ちが重かった。

食事を終えて一時間ほど庭木の様子を見た文安は、軽トラックに草刈り機や鎌、折り畳みのノコギリを積むと、家から三百メートルほど離れた西の森《いりぬむい》に向かった。森《むい》の下には産泉《うぶがー》があった。かつて村人の飲み水として使われ、水田をうるおしていた泉は、上水道の整備が進み、水田がサトウキビ畑に変わるにつれて、集落の住民の生活から離れていった。旧正月《そーがち》に若水を汲んだり、旧暦五月五日《ぐんぐゎちぐにち》の泉拝《はーうが》みに来るくらいになった。明治生まれの老人たちが亡くなるにつれ、その習慣も廃れていき、今ではすっかり草に埋もれ、忘れられていた。

農道に車を止めると文安は、草刈り機を始動して、西の森につづく古い道の草を刈り始めた。幅が二メートルもない古道の両側は、かつては水田だった。一九五〇年代に村の水田はほとんど換金作物のサトウキビ畑に変わった。産泉周辺の水田は数年遅れて六〇年代に入ってからサトウキビ畑に切り替えられた。しかし、畑の主が亡くなると、子どもたちは農業を継がず、耕作放棄地となっていった。使われない泉は排水が悪くなり、畑の跡を水が浸していった。ガマやアシが茂った一帯に、かつての水田やサトウキビ畑の面影はなかった。

西の森《いりぬむぃ》は集落のはずれにあり、周辺には人家がないので、聞こえるのは鳥やカエルの鳴き声くらいだった。静けさを破って草刈り機の音が響き、驚いたシロハラクイナがアシの茂みから短い距離を羽ばたいて逃げた。古道が開けるにつれて柔らかな風に青い草の匂いが漂った。半時間ほどで森の下まで道を開くと、草に埋もれた石積みの階段が見えた。かつてより一メートル以上水位が上がり、階段はほとんど水没していた。文安は草刈り機を置いて、鎌とノコギリで階段周辺の草や灌木を除去していった。雨靴の中に水が入るのもかまわず、太ももの付け根まで水に浸かり、階段をおおう草やその根を除去していった。

ガジマルの枝の下に水面が見えた。青みを帯びた底まで深さは三メートル以上ありそうだった。階段の上まで広がるガジマルの枝を切り、ガマの茂みに放った。木漏れ日が水面にきらめき、水底に光の斑紋が揺れ動く。水は今も豊かに湧き出していて、草の根を除去したあと濁っていたところも数分で澄んでいった。

軍手を脱いで手を洗い、両手で水をすくって飲んだ。遠い記憶と同じように甘かった。最後に産泉《うぶがー》の水を飲んだのはいつだったか、思い出せなかった。母が生きていた十三年前まで、旧正月には若水を汲んでいたが、母が孫たちの額に水をつけ、仏壇に捧げてお茶を沸かすだけで、文安が飲むことはなかった。なつかしさに目頭が熱くなり、草の緑が潤み、水面の光がにじんだ。

文安は階段から古道に上がると、雨靴を脱いで水をこぼし、手ぬぐいで顔を拭いた。胸ポケットから煙草を取り出し、しゃがんで一服した。森の上から一羽のサシバが、チンピーと鳴きながら空に舞い上がった。群れから落ちたらしいサシバは、物悲しい鳴き声を響かせながら隣の森に飛んでいく。その姿を追っていると、目の端に何かの動く気配があった。産泉《うぶがー》の水面に波紋が広がっている。黒い影が水底を移動したように見えたが、西日が反射してはっきりとはとらえられなかった。息を止めて水面を見つめた。波紋は消えていて、黄色くなったガジマルの葉が数枚ゆっくりと、刈ったばかりの草の間を流れていく。文安は煙草を消してズボンのポケットに入れ、草刈り機や鎌、ノコギリを持って軽トラックに戻った。

家に寄ってたも網とビニール袋を用意し、農業用水の溜池に行ってカエルを捕った。十匹ほど捕って大きいのを三匹残し、ほかは溜池に戻した。釣りが好きだったので、用具は物置に十分あった。家に帰ってビニール袋のカエルをバケツに移し、金網をかぶせて釣り具を用意した。そのあと日が暮れて手元が見えなくなるまで庭木の手入れをした。

夕食のとき、一番下の娘の里美が、半年の間に学校であったことを話し、部活動の軟式テニスの地区大会で優勝したことを自慢した。小さな学校で部活動は野球部と軟式テニス部、卓球部しかなかった。限られた部に生徒が集中するので、野球部以外はけっこう強いようだった。

上の三人はすでに高校を卒業し、長男は那覇市で、次男は神奈川、長女は東京で働いていた。一番下の娘だけは何とか大学まで行かせたいと思い、ヤマトゥで働いて得た金はできるだけ貯金していた。地元の小さな建設会社で働いても大した収入にはならない。無理をしてでもヤマトゥに出稼ぎに行かなければならなかった。

来年里美が高校に入ると、残りの二年半で予定の額まで貯金できるか、ぎりぎりのところだった。上の三人と違い、中学生になっても変わらずに話しかけてくる里美の笑顔を目にして、文安は久しぶりに心から笑うことができた。

午後九時になった。文安は厚手の作業着を着て玄関に降りた。雨靴をはき、軍手をはめながら軽トラックに向かった。裕子と里美には、夜釣りに行くとだけ話していた。懐中電灯とヘッドライトを車の助手席に置き、釣り具とたも網、餌のカエルが入ったビニール袋を荷台に乗せた。念のためにハブ対策の棒も用意した。十一月に入っても昼間は暑く、夜の湿地帯はハブが出るかもしれなかった。

軽トラックを走らせて西の森《いりぬむい》の近くまで行き、路上に駐車した。あたりは外灯もなく真っ暗だった。自分の家の明かりは見えたが、夜の海で見る灯台のようなものだった。釣り道具とカエルが入ったビニール袋をバケツに入れて左手に持ち、ハブ対策の棒を右手に持った。ヘッドライトをつけて昼間草を刈った古道を歩いた。まわりの草むらを棒でたたき、ハブを追い払いながら慎重に進んだ。

産泉《うぶがー》まで十メートルくらいまで近づいてヘッドライトを消した。目を閉じて虫とカエルの声に耳を澄ました。風はほとんどなかったが、水の流れで夜気は涼しかった。目を開けると月明かりにガマやアシの茂みが浮かび上がる。森の黒い影の上に星がいくつか見える。棒で草むらを軽く払い階段の前まで進んだ。バケツを下ろし、懐中電灯を産泉の反対側に向けてつけた。切れかけた電池に変え、明かりはぎりぎりまで弱くしてあった。それでも餌のカエルを釣り針につける分には不自由はなかった。雨靴をはいた足で慎重に階段を探り、捨て重りと餌を産泉の奥にそっと投げ込んだ。仕掛けは大型のアーラミーバイでも釣れるもので、竿は使わずにテグスをコカ・コーラの瓶に巻いただけだった。革手袋をはめた右手にテグスを持ち、人差し指にあてて感触を確かめた。二匹のカエルが入ったビニール袋をバケツに入れ、石段の一番上に腰かけた。深く呼吸をして森が放つ冷気を肺の奥にしみ込ませる。体と心のよどみを取り去りたかった。十三夜の月を見あげ、森や山の上にかかる雲を眺めた。目を閉じてテグスがかかる右手の指に神経を集中する。

長男と次男が子どもの頃、時おり夜釣りに連れて行ったことを思い出した。二人とも中学に入ると部活動に熱中し、親と一緒に行動しなくなったが、小学校の頃までは喜んでついてきた。浜辺で竿を出していると、波打ち際に海蛍が光り、海亀が産卵に上がることもあった。息をひそめて海亀に見入っている二人を見ながら、自分が死んだ父親で息子たちがかつての自分であるような錯覚を覚えることがあった。

父親が殺されたのとは別の浜だった。あの浜には二度と近づかなかった。赤崎に切り殺されなければ、父に孫たちを抱かせることができたのに……。自分の生活も変わっていたはずなのに……。父親がいないことで、母親の苦労は並大抵ではなかった。

母親を助けて日々の食料を得るために、学校はろくに行けなかった。中学も形だけ卒業はさせてもらったが、漢字もろくに書けず、低賃金の仕事を転々としてきた。子どもたちには同じ思いをさせたくなかった。必死で働いたが、上の三人は高校まで行かせるのがやっとだった。三人ともちゃんと就職したので安心したが、一番下の里美だけでも何とか大学に進ませたかった。

自分が親になり、子育てに苦労するようになって、父のことを違った目で見られるようになった。自分や幼い明子を残して死んでいく時、どれだけ無念だったろうか。そう思うとやり場のない怒りが込み上げて、立てなくなるまで酒を飲むこともあった。

森に囲まれた湿地帯にはカエルと虫の声がさざ波のように広がっていた。ゆっくりと移動する雲が月を覆う。あたりが闇に沈む。月明かりが戻ると、海から浮上するように草と木々が姿を現す。

ふと、父に呼ばれたような気がした。右手の人差し指に小さな当たりがある。居眠りをしていた文安は、あわてて指先に神経を集中した。テグスがわずかに引かれ、数秒置いて少し強く引かれた。テグスを巻いた瓶を左手に持ち、テグスの感触を通して水底の動きを探った。ぐっとテグスに重みが加わり、文安は素早く右手を引き寄せた。次の瞬間、強烈な力で右手が逆に引き延ばされ、巻いていたテグスがはずれた。コーラ瓶がはじけ飛びテグスが走る。革手袋が焼けて臭いを発した。文安は慌てて両手でテグスをつかみ、右の手首に巻きつけた。テグスが手首に食い込み、踏ん張った足が泥に滑って、文安は尻もちをついた。下半身が石段の三段目まで落ち、へそまで水に浸かった。一瞬、水中に引きずり込まれる恐怖に襲われた。左手で石段の縁をつかみ、両足を踏ん張る足場を探り当てて、どうにか体勢を立て直した。右手は曲げることができないほどの力で引っ張られている。手首の痛みをこらえ、水底で体をくねらせている物が疲れるのを文安は待った。

したり《い》ひゃー、もっと《なーひん》暴れ《りり》ろよ。有りったけの《あいぬうっぴーぬ》力出せ《いじゃし》よ。

笑いが込み上げた。ガジマルの枝の下で水面がうねり、はじけ、飛沫が飛んだ。テグスが水面を切って左右に走り、上下する。三十キロのミーバイでも上げられる仕掛けだった。

暴《あば》れろ。暴《あば》れろ。

文安は笑いながら呼びかけた。水底で抵抗する生き物の力を全身で感じ、反応した。右手を引き寄せると、引き戻そうとする力で水面がうねる。二の腕の筋肉が盛り上がる。若い頃の力が戻ったようだった。尾の先端が水面を叩き、飛沫が文安の顔にかかった。十分以上が経ち、相手は疲れ始めていた。しだいに抵抗が弱まり、水中に浮かんだまま大きく息をしている感触があった、文安は左手を伸ばし、草の上のたも網をつかみ、手元に置いた。両手でゆっくりとテグスを引き寄せる。これ以上相手を傷つけたくなかった。長い体があきらめたように寄ってくる。文安は左手でヘッドライトのスイッチを入れた。

明かりの中に浮かんだ神ウナギは二メートル近くあり、胴は三合瓶より太かった。水面から出かかった頭が石段から五十センチほどの距離にある。開いた口は拳が入りそうで、釣り針が上顎を突き抜けていた。文安は石段に足場を確保すると、手首に食い込んだテグスをはずし、右手でしっかり握った。左手でたも網を持って、斜めに沈んだ神ウナギの尾の方からすくい入れようとした。神ウナギは最後の抵抗をしようと体をくねらせた。その体が丸まった時に合わせ、文安はうまくたも網で掬い取った。

両手で網の枠を持ち、石段を上がって古道に腰を下ろした。一息ついてから、神ウナギの体を両手で抱き、傷つけないように慎重に刈ったばかりの草の上に置いた。神ウナギは疲れ切ったように動こうとせず、鰓《えら》を開閉させている。斑模様の身体は弾力に満ちている。四十年以上前、赤崎の足元で乾いた体を陽にさらしていた神ウナギから何代目に当たるのか。村人が産泉《うぶがー》を使わなくなり、その存在を忘れても、水底の湧き口で神ウナギは代をつなぎ、ずっと生き続けていたのだった。

神ウナギを産泉に戻すよう、赤崎に頼み込んでいる父の姿が目に浮かんだ。ヘッドライトに照らされた神ウナギの姿が涙で滲む。父にとって神ウナギを守ることは村《しま》を守ることでもあった。たった一人、赤崎にものを言い、日本軍に抵抗した父の勇気ある行動が誇りに思えた。

文安は上顎から突き出た釣り針の戻しをペンチで切断し、針を抜いた。神ウナギの全身に水をかけ、両手でそっと抱き上げると、産泉に戻した。神ウナギは体を大きくくねらせて水底に戻っていった。動き出したとき、尾鰭《おびれ》の先端が文安の左膝の内側を叩いた。父の手が触れたような気がした。

長く生きりよ。

文安は産泉の底を見つめてつぶやいた。

家に戻ったのは午後十一時過ぎだった。全身ずぶ濡れになっているのを見て裕子が驚き、海に落《う》ちたんな？　と聞いた。

何《ぬ》も《ん》あらんさ。

文安は笑いながら答えた。

シャワーを浴び、体を拭いて居間に行き、仏壇の位牌を見た。先祖の名前が並び、最後に父と母の名前が、赤い漆塗りの板に金泥の筆文字で記されている。父の名前は伯父が、母の名前は文安自身が書いたものだった。板御香《いたうこう》を取り、ライターで火を点けて香炉に立て、手を合わせた。

こんな夜中から……。

裕子が不思議そうに文安を見た。

忘《わ》れ《っし》てぃやならんど。

文安は胸の中で自分に言い聞かせた。

闘魚
<ruby>と<rt></rt></ruby>ーいゆー

機動隊の隊長が白い指揮棒を上げ、前に倒すと、それまで横一列に並んで立っていた若い隊員たちが、米軍基地のゲート前に座り込んでいる人達に襲いかかった。ゲートの内側でハンドマイクを手にし、喚いている作業服を着た男達の声がうるさくてならない。白いヘルメットをかぶっている彼らは、作業員ではなく沖縄防衛局員だと、娘の和美が教えてくれた。

防衛局の腐れ内地人《ぬくさりないちゃー》、うるさいぞ黙れ《やがまさぬ》、お前達《いったーや》は沖縄から出て行け。

座り込みの中から男の罵声が飛ぶ。機動隊員は三カ所に分かれ、座り込んでいる人達の前で体をかがめ、説得しているようだったが、じきに腕をつかんで強引に立たせ始めた。スクラムを組んでいる市民の腕を引き剥がし、抵抗する者の手首や腕をねじ上げる。

痛い、摑むな。

交通の妨げになっています。すぐに立ち上がって移動してください。

何かその手は、わざとねじるな。

自分で立ってください。

弾圧やめろ、沖縄の民意を踏みにじるな。

おい、お前暴れるな。

乱暴さんけー、こんなことして、恥ずかしくないのか、お前も沖縄の人間じゃないのか。

これ以上やったら公妨になりますよ。

お前らの言うコウボウは公務員の暴力か。

はい、採証、採証、こっち撮って、こっち、こっち。

慌てぃらんけー、ゆっくり《よんなー》せー、ウチナンチューうしぇーらんきろーやー。

ハンドマイクと肉声が入り乱れる。機動隊が三人がかりで立たせようとするのを、両足を踏ん張って抵抗していた初老の男に、ビデオカメラを手にした刑事が近づき、採証、採証と声をあげる。足首をつかまれて仰向けに倒されたサングラスの男を機動隊員が抑え込む。帽子が飛び、地面に落ちた白いプラカードが機動隊員の靴に踏まれる。別の場所で鈴を鳴らしタンバリンを叩いて合唱していた女性達が一人ずつ引き剝がされ、機動隊員に両手両足をつかまれて物のように運ばれていく。アスファルトの上を引き摺られていく四十歳くらいの女性がプラカードを胸の前にかざす。全基地撤去！　の赤い文字。違法工事を止めろ、と叫んで抵抗する若い男に機動隊員が群がる。

お前いい加減にしろよ。

中年の刑事が若者を怒鳴りつける。

放せ、痛い。

若者の声が響く。屈強な機動隊員が座り込んでいる人々を次々と引き剝がし、歩道に作った鉄柵の中に運ぶ。身を守ろうとうずくまる生き物に黒い獣の群れが襲いかかって肉を喰いちぎり、赤い血を滴らせながら運んでいくようだった。

ゲートをはさんで片側の歩道には、市民を閉じ込めている鉄柵の檻があり、もう片側の車道には砕石を積んだ大型ダンプカーや生コンのミキサー車が何十台も並んでいる。一般車両も混ざった車列は三百メートルほど離れたカーブの所まで続き、その先は見えない。

ゲートの向かい側の歩道で見ていたカヨは、目の前で繰り広げられている光景が、悲しく、苦しく、辛く、悔しくてならなかった。道路を渡って自分も座り込みたかったが、一緒に来た和美に、体がもたないから見るだけにして、と止められていた。もっと若かったら……。八十四歳になり、杖に頼らなければ歩けない体がもどかしかった。

辺野古の海・大浦湾を埋め立てて、新しい基地が造られようとしていることは、沖縄島の北部、ヤンバルに生まれ育ったカヨにとって他人事ではなかった。米軍基地が今以上に増えれば米兵も増え、事件や事故も増える。それは自分の家族や親戚、知人が米軍がらみの事件や事故に巻き込まれる可能性が増えることでもある。北部の村で小さな会社に事務員として勤め、労働組合や社会運動とは無縁に生きてきたカヨにも、それは自明のことと思えた。

　日本復帰前にタクシー会社に勤めていた頃、カヨの同僚の運転手がキャンプ・ハンセンの米兵に殺される事件があった。客となった二人の米兵は、売上金を奪うために後部座席から同僚の首をナイフで刺した。出血多量で、病院に運ばれた時にはすでに息がなかったという。同僚には、まだ小学生の子どもが二人いた。あの頃、三人の子どもを育てていたカヨは、告別式で泣き崩れている同僚の妻の姿を見て、その痛みと苦しみを思い、体の震えが止まらなかった。そこには、いつか自分も同じようになるかもしれない、という不安もあった。

　米軍が自分達を守ってくれるはずがない。むしろ、自分達を脅かすものでしかない。そう思うようになったのは、この事件のせいだけではなかった。沖縄戦当時、カヨの暮らす村が米軍の空襲を受けた。同級生の家族が隠れていた防空壕が直撃を受け、全員が生き埋めになり亡くなった。米軍機が去ったあと、近所の人達が掘り出す様子を見ていたカヨは、土まみれになって出てきた同級生の大きく開いた口に赤土が詰まり、開いた目も土で汚れているのを見て、慌てて家に逃げ帰った。家が貧しくて苛《いじ》められることが多かったカヨにも親切にしてくれる女生徒だった。

　彼女達が隠れていた防空壕の近くには日本軍の陣地があり、集中的に爆撃をうけていた。日本軍のそばにいれば安全だと考えていた村人は、その誤りに気づいた。軍隊がいる所が真っ先に敵に狙われる。そのことを知ってから、日本軍であれ米軍であれ近くにいるのは危険だ、とカヨは思ってきた。

現在、カヨが住んでいる村に米軍基地はなかった。それでも、戦争が終わってから七十三年も沖縄で生きてきて、米軍の事故、犯罪と自分が無縁でいられるとは思えなかった。

基地が必要だという人は、自分の家のそばに造らせたらいいさ。

カヨはよく子ども達に言っていたが、必要だという連中に限ってそれを嫌がり、よそに押しつけていた。ヤマトゥンチューに限らず、ウチナンチューの中にも、人口が少ないヤンバルの方が普天間よりまし、と言う者がいて、腹立たしくてならなかった。

テレビや新聞で辺野古の記事を見ると、現場に行ってみたい、と思うことがあった。ただ、自分のような年寄りが行っても役には立たず、迷惑をかけるだけではないか、と気が引けた。それでも今日、娘に頼んでキャンプ・シュワブのゲート前に連れてきてもらったのは、新聞で大浦崎収容所のことを目にしたからだった。

今は基地の金網に隔てられている収容所の中に、遺骨が残っているかもしれない、本格的な工事が始まる前に調査の必要がある。そう訴えている遺骨収集ボランティアの男性の記事は、これまでも何度か読んでいた。そのたびに収容所にいた時のことが思い出されたが、娘に言い出せないまま時間が経っていた。しかし、あらためて新聞記事を読み、せめて遠くから様子を見るだけでも……、と思いきって頼んだのは、二カ月ほど前から膝の痛みがひどくなり、このままでは歩けなくなるかもしれない、と思ったからだった。

やめてください、暴力をふるわないで……。

若い女の声が聞こえた。マイクでがなり立てる男達の声に押し潰されそうになりながら、それでも必死に訴える声は震えていた。座り込みが始まる前、百メートルほど離れた場所にあるブルーシートが張られたテントの下で、カヨに話しかけてきた女子学生が、機動隊員に両腕を摑まれ、必死に抵抗していた。座っていた長い板から落ち、アスファルトに尻もちをついた女子学生を二人の機動隊員が荒々しく引き摺り起こそうとしている。

止めなさい。あなた達、やめなさい。

座っていた布製の折り畳み椅子から立ち上がろうとして、カヨは膝の痛みに顔をしかめ、腰を落とした。

大丈夫ね。

和美が慌ててカヨの肩を支える。

何《ぬ》もあらん《ん》さ。大丈夫。

痛みがあったが、そう答えてゲート前を見た。女子学生は隣の女性の足にしがみつき、まわりの女性達がかばって機動隊員に抗議している。指揮官の指示で、二人の機動隊員はいったん手を放し、女子学生を眺め下した。しかし、すぐに応援が来て、悲鳴が上がる中、機動隊員達は女子学生を引き剝がし、檻の方に引き摺っていった。

地元の大学に通っているという彼女は城間と名乗り、中部で生まれ育ち、大学院で沖縄戦について学んでいると話していた。沖縄戦の体験について聞かせてくれませんか、と遠慮がちに聞くその表情が、いかにも真面目そうで好感を持った。ただ、自分の戦争体験を話すことには気が引けた。

以前、沖縄戦について記録映画を作っているという男が訪ねてきて、カメラの前で話したことがあった。部落の公民館長をしていた同級生の伊佐川と一緒に来て、熱心に頼まれたので話したが、一年ほどして公民館で開かれた完成試写会に参加し落胆させられた。カヨの話している場面はまったく出てこなかった。

後で伊佐川から、時間の都合で年齢の上の人の話を優先し、子ども時分の体験は入れられなかったそうだ。自分の話もカットされたさ……、と説明された。伊佐川は苦笑いしていたが、カヨは話したことを後悔した。沖縄戦当時、カヨは十一歳だった。大人のように状況を把握できるはずはなく、自分の体験に人に聞かせるほどの価値はない、と思った。

自分は子どもだったからねー、戦争当時のことはねー、詳しいことは分からんさ。

城間という女子学生は、ためらっているカヨに熱心に話しかけた。

子どもの目だから見えたこともあると思います。子どもでも、大人でも、体験はその人だけのものですから、どんな体験でも大切だと思います。お話を聞かせていただけないですか。

迷っているカヨに和美が声をかけた。

私に話していたこと、話してあげたらいいさ。お母さんは昔のこと、よく覚えてるのに。

こんなに熱心に頼んでるんだから。

そう促されてカヨは、七十三年前の記憶を語り始めた。


ねーねー、闘魚《とーぃゆーちゃー》どうすがや？

勘吉が手にした空き缶の中を見せた。この間捕ってきた闘魚が一匹、長く青い尾を揺らめかせている。

そんなもの持っていけないさ。田んぼに逃がしてきなさい。

うーん。

勘吉は缶の中を覗き込んでいたが、早《ぺー》くなー準備さんに、という母親の声が飛んできたので、あわてて井戸の方に走ると缶の水をこぼした。

えー、飲《ぬ》み水《みじ》るやんどー、井戸の中《ぬ》んかい、魚入れ《いゆーいんだ》らんけー。

勘吉はいたずらっぽく笑うと、家に入って着替えが入った風呂敷を取ってきた。

粗末な家だった。父親がまだ元気だった頃に建てたものだが、掘立小屋といった方がよかった。四畳半と三畳の板の間が二部屋あり、地面がむき出しになった土間にかまどをこしらえて鍋が据えられていた。壁は竹を編んだもので、茅葺の屋根は木組みがむき出しになっていて、雨漏りがひどかった。

そんな家で一年前に父が病気で死んでからは、母と弟と妹の四人で暮らしてきた。三月末に米軍の空襲や艦砲射撃が激しくなり、持てるだけの食料と位牌を持って山に避難した。カヨ達の住んでいる沖縄島北部は、四月の中旬には本格的な戦闘が終わり、米軍は山中に逃げ込んだ日本軍の掃討戦に移っていた。

カヨ達は同じ部落の人達と山中の洞窟《がま》に潜んでいた。夜になると集落に降りて畑で芋を掘り、飢えをしのいだ。四月の下旬に米軍に見つかり、村まで移動させられた。日本軍と米軍の主戦場は島の中南部になっていて、国民学校を拠点にしていた米軍は、住民を家に戻した。日本軍が村に出てくるのは警戒していたが、住民に対しては怪我や病気の治療をし、食料を配ったうえ、畑で作物を収穫したり、海で貝や魚を捕って自活することを認めていた。

村を巡回する米兵の中には住民に洗濯を頼む者もいて、学校で鬼畜米英と教えられ、米兵に捕まると乱暴されて殺される、と教えられてきたカヨは、にこにこしながら話しかけてくる若い兵隊に面食らい、やがて親しみを覚えるようになった。ただ、母親のウシは警戒を解かなかった。表向きは愛想よく振る舞っていたが、米兵がいなくなると、あれ達《あったー》信用しては《ちゃ》ならんどー。とカヨに注意していた。ウシのそういう態度は日本軍に対しても同じだった。ウシにとっては日本兵も米兵も、勝手に村に入ってきて荒らしているよそ者でしかなかった。

六月の終わり頃だった。区長をしていた大城が家々を回り、明日の朝、手に持てるだけの荷物を持って、国民学校に集まるように言った。米軍が招集をかけていて、しばらくの間別の場所に移動させられる、とのことだった。ウシは位牌とわずかな衣類、芋などの食料を風呂敷に包み、煮炊き用の鍋の中に味噌や塩の壺を入れた。

翌朝、ウシは三歳のミヨを背負い、両手に風呂敷と鍋を持った。カヨや勘吉も持てるだけの芋を持って家を出た。勘吉が闘魚《とーいゆー》を井戸に入れたのはその朝だった。カヨ達が米軍の本部になっている国民学校に行くと、運動場に部落の人が集まって不安そうに話していた。ほかの部落の住民も含めて数百名がごった返す中を通訳の二世兵が歩き回り、トラックに乗る順序を指示していた。食料や衣服は準備してあるから心配しないでいい、と言っていたが、どこに連れていかれるのか分からず、不安を口にする人も多かった。

まさか殺《くる》しはせんだろうや《やさんせーらや》？

近所に住む徳吉という七十過ぎの老人が、二世の米兵の耳に届くような声で言った。

余計なこと《うわーばいぐとぅ》、言わん方がいいよ《らしましど》。

徳吉の妻のカマドーが怒って、徳吉の着物を引っ張って座らせた。トラックに乗る時、荷物が多い者は減らされ、残りは置いていくよう指示された。不平を言う者がいたが、米兵の一人が銃で荷物を叩き落とすと、みな仕方がないと諦めて荷物をまとめ直した。ウシも鍋や味噌壺は置いていくしかなかった。先にトラックの荷台に荷物を上げてから自分も乗り込み、荷物の上に座った。

荷台に住民を詰めたトラックは村を出ると、本部《もとぶ》半島を南下して名護の町に入った。焼け野原になった町を見て、あきさみよーなー、と嘆き、涙をぬぐう老女もいた。十字路《あじまー》で立哨している米兵がトラックを見た。真っ赤に灼けた顔はまだ少年のようだった。米兵はまくり上げた袖で顔の汗をぬぐい、チューインガムを吐き捨てた。

ピンプンガジマルや焼きらんてーさや。

近くに座っている老人が嬉しそうに言った。所々に焼け残っている赤瓦屋根を指さし、あそこも焼けなかったんだねー、と勘吉が声を上げた。トラックは名護の町から山道に入った。曲がりくねった道は狭く、でこぼこでトラックはひどく揺れた。荷台で押し合いへし合いしながら、ウシはミヨを抱き、カヨは勘吉を後ろから抱いて、日差しと人いきれで気持ちが悪くなるのを我慢していた。勘吉だけが元気で、ねーねー海が《ぬ》見える《みーるん》、ねーねーセミが《あささーぬ》鳴いてる《なちゅん》、ねーねーあの《あぬ》米兵《アメリカー》の《ぬ》大きさ《まぎさ》よ、と指差してはしゃいでいた。

勘吉は七歳で何にでも興味を持ち、一人で観察して喜んでいる子どもだった。利発で勉強も好きだった。入ったばかりの国民学校で、赤丸をもらったと嬉しそうにカヨに答案を見せ自慢していた。しかし、学校に行けたのは短い間だった。すぐに戦争が始まり、山に避難する生活が始まった。洞窟《がま》の中では静かにしていないといけなかったが、家に戻ってからは再びカヨに活発に質問し、自分なりの発見を話して、カヨが褒めると喜んでいた。

不安と暑さ、すし詰め状態に苛立っている大人達にはさまれ、はしゃぎすぎると叱られそうで、カヨは勘吉の耳元に、えー、少し黙っておけ《よーびだまとーけー》、とささやいた。勘吉は、クック、と笑って身をよじらせたが、言うことを聞いて静かに車上からの景色を眺めていた。山道を揺れ続け、カヨは今にも吐きそうだった。少しでも新鮮な空気を吸おうと深呼吸をくり返した。何名もの人が荷台の後ろや横から顔を出して吐いていた。排気ガスに吐瀉物の臭いが混じり、さらに吐き気を募らせた。お昼頃、トラックは下り坂にかかり、木々の間に海が見えた。日差しに輝く白波が干瀬《ぴし》に砕け帯になっている。

ここは何処か《くまーやだーが》。

久志《くし》やあらんな?

辺野古《ひぬくぬぐとぅ》の如くあいしが。

男達の会話が聞こえた。くし、ひぬくと聞いても、カヨには島のどこにあるのか分からなかった。ただ、名護から山を越えて反対側に来たから、東海岸だろうとは思った。

間もなくしてトラックが止まり、カヨ達は降りるよう指示された。トラックが止まった場所は整地され広場になっていて、米軍車両が何台も並んでいた。海に向かって起伏を描きながら下っていく土地は、あちこち赤土がむき出しになり、段々に削られている。所々にススキや茅、ソテツ、灌木が緑を残していたが、切り開かれたばかりの荒れ地という印象だった。右側の谷間をはさんだ丘陵地にはテントがいくつか建ち、先に連れてこられた住民が暮らしているようだった。

二世の米兵から説明を受けた区長が部落の者を集めた。ここは米軍が作った民間人専用の収容所で、これからここで暮らすことになる。鉄条網が張られた所は米軍のキャンプなので入ってはいけない。村には日本軍が出るので、危険だから勝手に帰ってはいけない。夜間は出歩いてはいけない。食料は支給するので安心していい。区長は二世が言ったことをくり返した。

日本や戦争かい負け《まき》たのだから《んばーえっとう》米軍の命令かい従うしかない《ねー》らんさ。

区長の言葉に反論する者はいなかった。米軍と接してから、その物量と技術に圧倒され、こんな相手と戦争をしていたのか、と自分達の非力さを痛感させられていた。米軍の戦車が通れないようにと、大人二人で抱えるような松の並木を切り倒して道路をふさいであったが、米軍はブルドーザーという機械を持ってきて簡単に片付けた。

あきさみよーなー、あの《あぬ》機械や何《ぬー》やが？　我達《わったー》が難儀《なんじ》しち木《きー》を倒したのに《とーちゃーむん》簡単に片付け《かたじき》てる《とーし》が。

様子を眺めていた村人は、米軍の力に呆れ、感心し、自分たちの徒労を笑うしかなかった。最初のうちは皆殺しにされると恐れていたが、食料をもらい、怪我の手当てを受けているうちに、恐れていた米兵に親しみを持つ者も現れていた。

できるだけ平坦な場所を探し、男達がテントを建てて寝る場所を作った。テントや材木、ロープは米軍が準備してあり、テントの建て方を教えるヤマトゥンチューが二人来ていた。捕虜になった兵隊らしかった。男達が当面の住処を作っている間に、女や子ども達はテントに敷くススキや茅を手で折って集めてきた。一つのテントに五、六家族が入ると、それぞれの居場所を確保した。ウシ達は出入り口近くに荷物を置き、寝場所を作った。

テントを建て終わり休んでいると、再びトラックを降りた広場に集められた。二世兵は住民を整列させ、数名で立っている米兵の前に順序良く歩いて来るように言った。おずおず近づいてきた住民に米兵達は、頭から白い粉をかけていった。年寄りの中には毒をかけている、と怖がる者もいたが、二世兵は虱《シラミ》を駆除する薬だ、と説明した。真っ白になったカヨと勘吉は、指さし合って笑った。米兵が引き揚げると、みな頭や衣服の粉をはたき落とし、川に降りて顔や体を洗った。川のそばには監視する男がいて、川を汚さないように体は川下で洗え、と注意していた。

翌日以降もトラックで次々と住民が運ばれてきたが、村ごとに居住区が指定され、その中で部落ごとに集まって収容所生活が始まった。米軍のキャンプ周辺は有刺鉄線が張られていたが、それ以外は特に境界線もなく、自由に移動することができた。

夜になると歩いて村に戻り、鍋や鎌などの道具や芋、米、味噌などの食料を運んできた。若い女は米兵に襲われるのを恐れ、髪の毛を切って男の格好をしていた。四十歳を過ぎていたウシは髪を布で隠し、顔に鍋墨《なびんぐ》を塗って、従兄の源生伯父さんと一緒に村まで食料を取りに行った。その間に幼いミヨの世話を見るのがカヨの役割だった。

ウシがテントにいる時は、カヨは勘吉と一緒に食料探しに出た。川や海でエビやカニ、貝を採り、山に行って野イチゴやキノコなどを探しまわる。米軍が支給する食料だけでは足りなかった。ただ、大勢の人が暮らしているので、食べられる物はじきに採り尽くされた。大人の男がいる家は、米軍の食料倉庫から盗んできた缶詰などの「戦果」があった。父のいないカヨ達は、米軍のごみ捨て場に行って残飯をあさり、捨てられた缶詰を拾って飢えをしのいだ。

あの頃は毎日が、生きるために必死だったさ。

カヨの話を録音しながら、大学ノートにメモを取っていた城間は顔を上げてうなずいた。

収容所は自由に出入りすることができたんですか?

ここの収容所はね、バラ線で囲われて閉じ込められているわけではなくてね、山に行って食べられる物を探しに行きよったさ。村まで行く時はね、途中で米兵に見つかると捕まるから、夜中に出て行きよった。歩いて村まで行って畑に残っている芋を掘って、自分の畑だけでなく他人《ひと》の畑からも取りよったみたいだけどね、カマスに入れて持ってきよったさ。今なら泥棒だけどね、生きるためには仕方なかったさ。米軍に見つからないように昼間は隠れて、夜中に歩いて戻ってきよったさ。ただ、途中で友軍の敗残兵に見つかって、せっかく取ってきた芋とか食料をね、奪われることも多かったさ。うちの親も何度か奪われて手ぶらで帰ってきて悔しそうにしていたさ。

日本兵が奪うんですか。

戦争に負けてね、山の中に隠れている兵隊がたくさんいたわけさ。敗残兵といってね。あれなんかもひもじいからね。道に立って物乞いするおとなしい兵隊もいたみたいだけど、たいがいはね、自分達はお国のために戦っているんだから、食料を寄こせって、向こうは銃とか日本刀を持っていて、逆らったら殺されるわけだから……。

殺すんですか。

城間は顔をこわばらせた。

日本兵だけではなかったよ。CPと言ってね、沖縄人の警察がいて、こいつらもね、食料を取り上げよったさ。でもね、毎日大変ではあったけどね、辛いことだけではなかったさ。勘吉と一緒にね、山や川や海を歩いて、食べられる物を探して歩くのは楽しくもあったさ。勘吉はエビやカニを捕まえるのがうまかったからね。木に登るのもうまかったし、愛嬌があったから米兵にも好かれてね、仲良くなった兵隊から缶詰とかチョコレートをもらったりしていたさ。

箱いっぱいの缶詰をもらい、両手に抱えてテントに戻ってきて、カヨに自慢していた勘吉の顔が目に浮かぶ。同じテントに住むほかの家族に、ウシが缶詰を分け与えると、勘吉は不満そうだった。それでも、みんなが礼を言っておだてると、またたくさんもらってくるさ、と機嫌を直していた。

この《くぬ》子は《くわーや》知恵持ち《じんぶんむ》だから《やくとぅ》、将来成功するはず《じ》やさ。

まわりの人から勘吉が褒められると、ウシは本当に嬉しそうだった。生活が貧しくて病院に連れていく金がなく、ウシは長男と次男を五歳に満たずに病気で亡くしていた。三男の勘吉は無事に七歳まで育ち、元気そのものだった。ある日、昼寝している勘吉の頭をなでながらウシがカヨに言った。

勘吉なら将来《やれー》、必ず《かんなじ》成功しち、家《やー》を繁盛させてとぅらすさ。立派んぐゎー位牌《いーぺーんち》も継《じ》いでくれるはずだから《とぅらすはじやくとぅ》、お父もあの世《んぐそー》居って《うてぃ》心配無《しわーねー》いらんさ。

ミヨを胸に抱いたウシは、カヨの手を取ると勘吉の手を握らせた。昔から沖縄では姉や妹が、おなり神《うないがみ》として兄弟を守るものだと教えた。

お前《いやーん》も勘吉を守《まむ》てぃとぅらしよ。

カヨは母に頼られていることが嬉しくてならなかった。

我《わん》が守《まむぃ》るさ。

カヨはうなずいて勘吉の寝顔を見つめた。それは沖縄に戦が襲ってくる二カ月前の冬の日だった。あばら家には隙間風が吹き込んでいて、カヨはかまどの余熱で体を温めると、勘吉の背中を抱いて眠った。

もう七十三年も昔のことなのに、あの時の母の笑顔も勘吉の寝顔もはっきりと思い出すことができる。手のひらには勘吉の手の感触さえ残っているようだった。

弟さんとは、ずいぶん仲が良かったんですね。

城間の質問にカヨはうなずいた。

弟さんもこのゲート前に来ることはあるんですか。

カヨは顔を伏せた。手の震えを気づかれないように腕組みをして隠した。休憩中のテントに司会のマイクの声が響いた。資材を積んだダンプカーの車列がこちらに向かっているので、座り込みを再開したい。ゲート前に移動してほしいということだった。テントの下がざわつき、みなが立ち上がるのを見て、城間は録音を止めた。

続きはまた、後で聞かせてもらえますか。

カヨははっきり返事をしないまま、杖で体を支え椅子から立ち上がった。和美が手を引こうとするのを断り、テントから歩道に出た。日差しが強かった。カヨはしばらく松の木陰に立って、移動する人達を先に行かせてから、ゆっくりと工事用ゲートの向かい側に歩いて行った。

それは半時間ほど前のことだった。目の前を次々とダンプカーや生コンのミキサー車が移動していく。ゲート前から排除された人達は、まだ歩道に設置された鉄柵の中に閉じ込められていた。排気ガスをまき散らしながら左折し、基地のゲートに入っていくダンプカーの荷台に積まれている岩が見える。それが波しぶきを立てて海に落とされる映像をテレビのニュースで見た。埋め立てに向けて護岸を造っているのだという。そこはカヨと勘吉が貝を採りに行った海岸かもしれなかった。

あの日、マラリアにかかって寝込んでいるウシとミヨのために、貝の汁を飲ませようとカヨと勘吉は浜に降りた。夏の日差しが大浦湾に降り注ぎ、白い砂浜が足の裏に熱かった。しゃがんで砂を手で払うように掘っていったが、貝は出てこなかった。膝のあたりまで海に入り、底をのぞいても揺らめく波の下に貝は見つからなかった。収容所内の浜や岩場では採り尽くされていた。

カヨと勘吉は海岸の崖の上をススキや灌木に摑まりながら移動し、岬の方の岩場に出た。岬付近は米軍のキャンプになっていたが、子どもなら見逃してくれるだろうと思った。途中、桟橋で作業をしていた米兵が数名見ていたが、何も言わなかった。高熱を出し、全身を震わせているウシとミヨの姿を思い出し、貝でだしを取って熱い煎じ汁を飲ませたかった。

ねーねー、ティラジャー。

岬近くの岩場で、勘吉が巻貝を見つけて嬉しそうに手を挙げた。カヨはうなずいて、自分も見つけようと波の下に目を凝らした。そうやって数個の貝を拾い、疲れて腰を伸ばしながら周りを見回した。勘吉の姿が見えない。名前を呼んでも返事がない。

勘吉、何処《だーが》が？

大浦湾の波は穏やかに見えた。対岸の瀬嵩収容所から細い煙が二本、空に伸びている。その背後の山並みの上に巨大な雲が立ち上がっている。目の端で何かが動いた。二つの離れ小島に伸びている岬は長崎といった。その付近は潮の流れが速いから注意するように言われていた。波間から突き出た黒い岩のまわりに波しぶきが上がる。岩のそばを流されていく勘吉が、カヨに向かって手を伸ばしている。五十メートルほど離れた場所だった。カヨは慌てて岩場を走った。波が足をすくい腰のあたりまで海に浸かった所で先に進めなくなった。勘吉は必死に手をばたつかせて泳ごうとするが、どんどん島の方に流されていく。頭が波間に沈み、次に浮かんだ瞬間、見開かれた目がカヨを見つめ、喘ぐ口で、ねーねーと呼んでいるのが分かった。

伸ばされた手を摑み、助けようと思うのに体が動かなかった。人を呼ばなければ。そう思って振り向いたが、近くに人はいなかった。砂浜の向こうから数名の米兵が走ってくる。カヨは言葉にならない声を上げて岬と島の間を指さした。青にも緑にも見える海は底が見えるほど透明だった。だが、勘吉の姿はもうどこにも見えなかった。カヨは波に押し倒されて海水を飲んだ。無力だった。何もできなかった。空も海も暗くなり、波になぶられているカヨを誰かが背後から抱き上げた。そこでカヨの記憶は途切れた。

目が覚めた時、カヨは茅葺小屋の中に寝かされていた。すでに夜になっていて横になっている人が多く、話をしている人も声を潜めていた。

目《みー》、覚《さみ》めたんな？

枕元に座っていた源生伯父さんが声をかけた。隣にはミヨが寝ていて、体の熱と汗が伝わってくる。母と勘吉がいない、と思った瞬間、胸が抉《えぐ》られるように痛み、涙があふれた。

お母さんは《あんまーや》？

源生伯父さんは手のひらをカヨの額に乗せた。

熱《にち》や冷めたさ《さみてー》や。

大きな手のひらが温かかった。

お母さんは《あんまーや》？

外《ふか》に居《うぃ》るさ。

起き上がろうとするカヨの肩を源生伯父さんが押さえた。それでもカヨは這って進み、外をのぞいた。三、四メートルほど離れた場所に、座っているウシの黒い影があった。マラリアの発作がおさまっているのか、何かささやきながら抱きしめた体をなでている。雲が切れ、月明かりが収容所を照らし出す。勘吉の体は毛布に包まれていた。ウシの脇腹のあたりに白い小さな手が見える。勘吉、ごめん、ごめん、とカヨは泣き続けた。

大浦湾に月の光が帯となり沖に伸びていた。

数日後、キャンプの米兵の騒ぎで、カヨ達は戦争が終わったことを知った。

勘吉の遺骨を掘り出し、洗骨して浜で焼いたのは三年後の夏だった。母と源生伯父さんが二人で収骨に行った。カヨは家でミヨの面倒を見た。土の中から勘吉の遺骨が出てくるのを見る勇気はなかった。

収容所の端に亡くなった人を埋める場所があった。翌朝、母はマラリアの発作がひどく、起き上がることができなかった。ガタガタ震えながら勘吉の名を呼び、這ってでも外に出ようとしたが、同じテントの人達が毛布をかぶせて押さえ込んだ。源生伯父さんが一人で勘吉の遺体を背負い、埋めに行った。

お前《いやー》までぃ死んだら《しにねー》、この子達は《くぬくわーたーや》どうなるか《ちゃーないが》。

区長の大城が叱りつけたが、ウシはうわ言のように勘吉の名を呼び続けた。その声を聞いているのがつらくて、カヨはテントを出た。どこに行っても勘吉との思い出があり、まだ行ったことがなかった雑草の茂る水田跡を歩き、バッタや蝶を捕まえては放した。

十一月に収容所を出るまで、マラリアが治った後もウシは放心状態のことが多く、源生伯父さんが食料を確保してくれなければ、カヨ達は三人とも生きていけなかっただろう。

村に戻るとウシは一転して、早朝から夜になるまで荒れた畑を耕し続けた。じっとしていると勘吉のことが思い出されるので、疲れ果てるまで体を動かしているのはカヨにも分かった。カヨも同じだった。始終何かをしていなければ、後悔が込み上げてきて、自分が生き残ったことが許せなくなりそうだった。

ウシもカヨも勘吉のことに触れないようにしていた。幼いミヨだけが、にーにーはどこ行ったね？　と時々訊いて、ウシとカヨを居たたまらなくさせた。源生伯父さんに助けられながら、毎日を必死にあがくことで、カヨ達はこの三年間をどうにか生きてきた。

朝早く出かけた二人が帰ってきたのは夜になってからだった。海沿いの道や山道を歩き続けて二人とも疲れ切っていた。骨壺を用意することが出来ず、ウシは米軍のごみ捨て場から拾ってきた蓋つきの缶をきれいに洗い、白い布で包んで大事に胸に抱いてきた。ランプの光がウシの顔に深い影を作っていた。二間しかない部屋の奥の木箱に位牌が置かれている。ウシはその横に白い布包みを置くと、カヨが用意してあった貝の汁と芋、大切に取ってあったチョコレートを供えた。ウシがカヨとミヨを呼んで横に座らせ、源生伯父さんと四人で手を合わせた。

米兵から初めてチョコレートをもらった時、どうするか《ちゃーすが》、とカヨに問いかけた勘吉の眼差し。米兵が自分で食べて見せ、カヨが恐る恐る口にすると、勘吉も真似をして小さなかけらを口に入れた。その時の驚いた顔が目に浮かぶ。勘吉が実際にチョコレートを口にしたのは何度あっただろう。もっと食べさせたかった、と思うと涙があふれた。

源生伯父さんの話では、草木は茂っていたが、目印の石は残っていて、埋めた場所はすぐに見つかったという。ボロボロになった着物をまとい、寝かされたままの形で勘吉は骨になっていた。その骨を土の中から拾い上げ、布に包んで浜に降りると、海水で一つ一つきれいに洗った。愛おしそうに頭骨《うんかみ》をなでるウシのしぐさに、源生は沖の方を向いて目をぬぐった。
残りの洗骨をウシにまかせ、源生は浜を歩いて枯れ木を集めた。アダンの枯葉に火を点け、枯れた小枝に移し火を大きくしていった。円形に組んだ枯れ木から炎が上がると、真ん中に骨を入れて荼毘に付した。熱が収まってから、ウシと源生は灰の中から真っ白な骨を拾って缶に入れた。入りきらなかった骨は細かく砕いて海に流した。白い細片は波打ち際に漂い、揺られながら広がり、海に消えていった。

源生とウシの見た景色がそのままカヨにも見えるようだった。大浦湾の潮の香り。対岸の砂浜と山の連なり。青く深い空と雲の輝き。波と風の音。セミの声。カヨはそこで心に浮かぶ景色と音を消した。それ以上進めば、別の光景が思い浮かんできそうだった。

うさんでーさーやー。

ウシは供えていた芋とチョコレートをカヨとミヨに与えた。寝ぼけていたミヨは、チョコレートをもらって急に元気が出た。小さな手で銀紙を剝くと、ウシや源生を見て笑い、ほおばった。カヨは自分のチョコレートもミヨにあげた。

我達は《わったーや》夕飯食べたから《かでーくとぅ》、伯父さんとお母で《あんまーじ》食べ《かみ》よ。

カヨは芋を二人に差し出した。ウシは笑って、ひもじくない《やーくねん》さ、と貝の汁だけを飲み、芋は源生に持たせた。

今日は疲れた《くーやうたてぃ》。

ゆっくり休めよ《よんなーゆくりよ》。

そう言って体を横たえた。

源生伯父さんはウシをいたわり、ミヨの頭をなでて帰っていった。ミヨはウシの懐に潜り込むと胸に顔をうずめた。カヨは二人の寝姿を眺め、木箱の上の白い包みに目をやった。

勘吉、もう眠ろうね《なーにんばーいー》。

心の中でつぶやき手を合わせると、カヨはランプを消した。


お母さん、瀬嵩の方に寄ってみるね。

車を運転していた和美が、後部座席に座っているカヨに声をかけた。

ああ、そうしてくれるね。

帰りに瀬嵩の方から大浦湾を眺めたい、と家を出る時に話していた。疲れてはいたが、次に来られるのはいつになるかと思うと、後で悔やまないようにした。

ゲートに工事車両がすべて入ると、散水車が出てきて車道の石粉や泥を水で流し、民間の警備員がゲートの柵を閉ざした。抗議に集まった人達がシュプレヒコールをくり返す中、カヨと和美はトイレまで送ってくれるという軽貨物車の方に歩いた。その後を追って城間という女子学生がもう一度話しかけてきた。

お帰りですか?

歩道の檻から解放されてから、城間は歩道に立ってプラカードを掲げ、工事用資材を運ぶダンプカーやトレーラー車にずっと抗議していた。若い人がよく頑張っている、と思うと同時に、若い世代が今でもこういうことをやらざるを得ない状況に、申し訳ないような気持ちになった。

今日は、もう帰ろうね。

そう返事して軽貨物車に乗ろうとすると、和美と一緒に城間も手を貸してくれた。

あの、またいつか沖縄戦のこと、続きを聞かせていただけますか。

カヨを見つめる目の熱心さが嬉しかったが、自分はどこまで語れるのだろう、という思いがよぎった。

機会があったらね。

曖昧な口調で言って、カヨは車に乗り、閉まったドアの窓の向こうで手を振っている城間に頭を下げた。漁港の近くのトイレを使ってから、和美が海岸近くの道路に止めてあった車を取りに行き、待っていたカヨを乗せた。

信号が青に変わり、和美はハンドルを右に切って瀬嵩方向に向かった。トンネルを抜けると右手に大浦湾が見えた。坂道を下り、海沿いの道路を走っている間、カヨはオレンジ色のフロートが張られた大浦湾を眺め続けた。道路脇に生えているモクマオウのそばに車を止め、和美に手を引かれて瀬嵩の浜に降りた。浜の前の海は穏やかで、丸い小さな浮きが浮いているあたりに、小魚の群れがさざ波を立てていた。

海の向こうに辺野古弾薬庫があり断崖が続く。その左奥に護岸と砂浜が見えた。砂浜の前にはクレーンの付いた台船や小型の船が数隻止まっている。あの浜の上あたりが、自分たちのテントがあった場所だろうと思った。勘吉と一緒に浜で貝を採った日々が思い出された。左手に伸びる辺野古岬の方にはクレーンが何本も上がっている。そこで工事をしているらしかった。

岩場を歩いている勘吉の後ろ姿が目に浮かび、手を挙げて見つけた貝を自慢する笑顔が浮かぶ。その姿が波間から手を伸ばし助けを求める姿に変わる。カヨはしゃがみこんで胸を押さえた。心臓が高鳴り、息が苦しくて目の前が暗くなった。

お母さん、大丈夫ね。

和美が背中をさすり、何度も声をかける。返事ができなかった。砂浜に膝をついて、深呼吸をくり返した。しだいに胸の痛みは引いていった。しばらく休んでから、和美の手を借りて立ち上がった。

心臓が痛むの？　救急車呼ぼうか？

不安そうな和美を安心させるため、カヨは杖で海の方を指して言った。

何《ぬ》も《ん》あらんさ、心配《しわー》さんけー。昔の《ぬ》こと《くとぅ》思い《うむい》出して《いじゃち》、心臓《ちむ》どきどき《どんどん》した《しちゃー》さ。

もう《なー》大丈夫やさ。

もう動悸は収まったの？

和美に支えられてゆっくりと車に戻った。後部座席に腰を下ろし、カヨは大きく息をついた。持参した水筒から水を飲んでいる様子を和美が見つめている。

今日は無理をさせたみたいね。もっと早く帰ればよかったさ。

何《ぬ》も《ん》無理やあらんさ。前から一度は来たかったから、今日は連れてきてくれて有り難かったさ。

だったらいいけど。

和美はそう言って運転席に乗り込み、左右を確認して車を出した。トンネルまで戻る間、カヨは眼を閉じて海を見なかった。

家から引っ越す日の朝のことが思い出される。カヨは高校に入学し、寮に入っていた。家はもうやっと立っている状態で、次の台風にもつとは思えなかった。三カ月前からウシは畑を売り、借金をして、新しい家を探していた。源生伯父さんが手を尽くして、隣部落に古いが瓦屋根の家を見つけてくれた。

わずかばかりの家財道具はすでに運んであった。最後の夜、カヨは寮から家に戻り、ウシとミヨと三人で夕食を食べ、思い出話をして一晩を過ごした。

翌朝、一番早く起きたカヨは、慎重に動かさないと外れてしまう板戸を開け、顔を洗うために井戸へ歩いた。家の前の水田に稲が緑の列をなし、森にはイジュの花が白く咲いていた。空はすでに明るくなり、森の上に金色の雲の帯がいく本も伸びている。ピュルルルル……、というホーピル（アカショウビン）の鳴き声が響く。家の周りに咲くユリやサンニンの白い花から香りが漂ってくる。深く息を吸うと、体の隅々まで清められるようだった。

カヨは井戸のそばに行き、釣瓶《つるべ》を落とした。ロープの先には一斗缶がついている。水を汲み上げて井戸のまわりに敷いたサンゴの破片の上に置き、顔を洗おうと腰をかがめて手を伸ばした時だった。一斗缶の中にいる小さな影に気づいた。闘魚《とーぃゆー》だった。井戸に缶の水をこぼし、笑う勘吉の姿が水面に重なる。あの時の闘魚なのか。その子や孫なのか。村《しま》の家に戻ってから数えきれないほど井戸の水を汲んだのに、闘魚が入っているのは初めてだった。冷たい水の中で闘魚は小さな体をひるがえした。

ふいに、ねーねー、と呼ばれた気がして、カヨは後ろを振り向いた。傾いた家の戸は開けられたままで、誰の姿もなかった。朝日が田んぼの水に反射し、緑の列が浮き上がる。カヨは一斗缶のロープをほどき、少し水をこぼして軽くしてから田んぼの方に歩いた。露に濡れた草を踏み、細い用水路まで来ると、澄んだ流れに一斗缶の水をこぼした。闘魚は少し流されたが草陰の淀みに入ってこちらを向いている。小さな口が動き、カヨに何か言っているようだった。それから、体を反転させると青い尾を揺らめかせて泳ぎ去った。

カヨは用水路の水で顔を洗った。あの日、勘吉のことを助けきれなかったことは、死ぬまで悔やみ続けるだろう。でも、生きていかなければいけない、と思った。勘吉の分までしっかりと生き、ウシとミヨを助けていかなければ……。

カヨを呼ぶウシの声がした。風呂敷包みを一つ持って、ミヨの手を引いて家の前に立っている。一斗缶を井戸のそばに置くと、カヨは家に入って着替えを包んだ風呂敷を手にした。位牌が置かれていた奥の木箱に、壁の隙間から朝日が差していた。この小さなあばら家で、父や勘吉らと一緒に過ごしたのだ。そう思うと胸が締め付けられた。

早《ベー》く《く》なーしーよー。

ウシが急がせた。家を出たカヨは歩きだしたウシの後を追いながら、用水路に向かってつぶやいた。

勘吉、行《いちゅ》くんどーやー。

風が稲の葉を揺らし、ホーピルの鳴き声が、イジュの花咲く森と川、三人の影が映る水田に響いた。


やっぱり埋め立てられてしまうのかねー。

トンネルを出てしばらく行ってから、カヨは訊いた。和美は一瞬、バックミラーでカヨの様子を見た。かなり疲れているようだった。

国のやることだからね。厳しいとは思うけど、でも、簡単に進まないとも思うさ。

だったらいいけどね。

カヨの言葉は力がなかった。和美は左側の路側帯に車を止めて、後続車を先に行かせてからカヨの様子を見た。

心配しないでいいよ。体は何ともないから。

和美はうなずき、ゆっくり車を発進させた。

さっき海を見ている時、勘吉叔父さんのことを思い出したのね？

そうだね。

和美の問いにカヨは短く答えた。

沈黙が続き、カーブが続く坂道を下って、名護の市街地の近くに来てから和美が言った。

私たちがちゃんと覚えておくからね。

フイの言葉にカヨは意味がつかめなかった。

勘吉叔父さんがいたことは、私達兄妹がちゃんと覚えていて、子ども達にも孫達にも伝えていくから。

ありがとう、と言おうとしてカヨは言葉に詰まった。辺野古に向かうのだろうか。対向車線に大型ダンプカーが連なっている。閉じた眼裏《まなうら》に、澄んだ水を泳ぐ闘魚の長く青い尾が揺らめいた。

【参考資料】
『語りつぐ戦争　市民の戦時・戦後体験記録　第1～3集』名護市教育委員会編集・発行
『名護市史本編3　名護・やんばるの戦争』名護市史編さん委員会編集・名護市役所発行
『極限の人びと／名護・やんばるの戦争』名護博物館編集・発行
『沖縄県史　第10巻　沖縄戦記録2』琉球政府編集・発行

斥候

金城勝造の死を知らせる電話が届いたのは二カ月ほど前のことだった。電話の相手は国民学校の同級生で、護郷隊で一緒に戦った伊良波盛安だった。九十歳を過ぎて今も生き残っている護郷隊員が何人いるか分からない。盛安以外とは連絡を取り合うこともなく暮らしてきた。勝造が死じゃんどー、という声を聞いた瞬間、居間の鏡に映る自分を見た。九十歳を過ぎて髪は抜け落ち、染みと皺だらけになった生気のない顔。受話器を手にこちらを見ている目は、何かに怯えているようだった。

そうなのか《あぃれんな》……。

そう返事して次の言葉が思い浮かばなかった。

コロナが流行っておるから《ぬはやとーくとぅ》告別式はなかったそうだ《やさんたんでぃやさ》。初七日も《ん》家族だけですませて《びけーじすまち》、四十九日もせ《んさ》んでぃやさ。今はこのような如き世の中だからな《なまやくんぐとーるぐとーるゆぬなかやくとぅや》。仕方ないことではあるが《ねーらんくとぅやえっし》……。お前は《いゃーや》元気な？

昔は早口だった盛安も今ではゆっくりとした口調になっていた。お互いの健康状態について話したあと、コロナが収まったら酒を飲もう、と笑う盛安に曖昧に返事をして電話を切った。そういう機会はないだろう、という思いは盛安も一緒のはずだった。

裏座敷の自分の部屋に戻る前に、勝昭はあらためて鏡に映る自分を見た。盛安や勝造とともに戦場を生き抜き、九十歳を超えてまで生きられるとは思わなかった。沖縄戦の時、勝昭と盛安は護郷隊として、勝造は鉄血勤皇隊として銃をとり、米軍と戦った。その時、三人とも十五歳だった。あれから七十七年の時が流れていた。

あの日、国民学校に集められ、校庭に整列したのは、まだ十代の少年達だった。自分達の故郷を守るから護郷隊。そう名付けられた部隊で厳しい訓練を積み、いざ戦争が始まると米軍の攻撃を受け、仲間達が次々と戦死していった。誰もがこの戦争で自分は死ぬものと思い、この年になるまで生きるとは想像しなかった。

勝造と最後に話をしたのは三十五年以上前のことだった。その前も、その後も勝造を意識的に避けてきた。勝造だけではなかった。国民学校の同級生との付き合いはなく、護郷隊の慰霊祭や集まりにも参加したことはなかった。交流が続いていたのはただ一人、生まれた家が隣同士で幼馴染の盛安だけだった。その盛安にしても、この十年余は年に何度か電話で話すだけだった。久しぶりに盛安が連絡をくれなければ、勝造が死んだことも知らないままになっていたはずだった。

裏座敷に戻ると箪笥《たんす》の引き出しからアルバムを取り出し、国民学校の卒業記念の写真を見た。茶色く変色し、縁が擦り切れた写真に写る自分や勝造、盛安の顔。男子はみな丸刈り頭で、生真面目な表情には幼さが残っていた。戦争が続いた時代で、名前に勝の字が入っている同級生が何名かいた。同じ校区でも勝造とは家が離れていたが、入学してすぐに仲良くなり、盛安と三人でよく一緒に遊んだ。

両親とも教員で成績がよかった勝造は、国民学校を卒業すると中学校に進み、隣町に下宿した。勝昭と盛安は高等科を出たあと家の農業を手伝いながら青年学校に通った。勝造とはたまにしか会えなかったが、交流は続いていた。

サイパン島やテニアン島の玉砕が報じられ、沖縄島にも日本軍が配備されて勝昭達の村にもやってきた。勝昭と盛安は連日、日本軍の陣地構築や防空壕掘り、伊江島の滑走路建設に駆り出された。玉砕の報に接しても勝昭達は、日本が最後には勝つ、と信じて疑わなかった。父親達は島の南部からの疎開民受け入れの準備で、木を伐りだして山のふもとに小屋を作っていた。友軍に供出する食料の増産にも力を入れていた。勝昭の母親は国防婦人会の活動に熱心で、自分の家の畑仕事のほかに、友軍への協力も積極的に行っていた。

沖縄戦が迫り、勝昭は同級生達とともに護郷隊に入ることになった。国民学校の校庭に集められ、友軍の指揮下に入って戦闘に参加することを知らされた時、誰もが興奮して喜び勇んでいた。自分達の郷土を護るための部隊だと説明され、銃を手にして戦えることが誇らしかった。

だが、護郷隊の訓練は過酷だった。軍人勅諭の暗唱や小銃の射撃訓練は得意だったが、小柄で腕力が弱かった勝昭は、山中の行軍や匍匐《ほふく》訓練、手榴弾投げでは仲間の足を引っ張った。そのたびに上官から激しい制裁を受けた。勝昭達を率いる宮城分隊長は同じ部落《しま》の在郷軍人で、中国戦線の経験者だった。手加減せずに殴り倒すだけでなく、連帯責任として全隊員が相互に向かい合い、相手の顔を殴らされた。

こんな目に遭うくらいなら、早く戦争が始まって死んだほうがましだ。

しだいにそういう気持ちになっていった。上官の目を絶えず意識し、命令に即座に反応する。殴られないために必死だった。米軍が沖縄に接近し、上陸も間近という報告を聞いた時には、いよいよ戦闘が始まり、厳しい訓練から抜け出せることが嬉しかった。

三月の下旬になると空襲が激しくなり、沖に姿を見せた米軍艦船からの艦砲射撃が、勝昭達の部隊が潜んでいる山にも撃ち込まれた。壕や岩陰に身を隠し、砲弾が遠ざかると木々の間から沖の様子を見た。大型の戦艦の間を駆逐艦や輸送艦が動き回り、船が何重にも重なり合って水平線を遮っていた。その数の多さに勝昭達は圧倒された。

大変《うすましい》な数えっさーや。

つい沖縄語《うちなーぐち》を口にした隊員が、宮城分隊長に叱り飛ばされた。

護郷隊の役割は、山間部を拠点に遊撃戦を展開し、上陸した米軍の後方を攪乱して、前線で戦う部隊を助けること、と教えられた。

翌日、宮城分隊長に率いられ、山頂近くの岩場から海岸部を監視していた勝昭達は、数キロ離れた湾内に停泊している日本の艦船が、米軍機の攻撃を受けて黒煙を上げるのを目にした。時おり上がる高射砲も米軍機を撃ち落とすことはできず、逆に艦砲射撃の集中攻撃を受けてしまった。

日本軍の本部がある八重岳には、伊江島に上陸する米軍を撃退するため大型カノン砲が据えられている。それを分解して運び上げる時、三中の学生達も手伝った。そういう話が流れてきて、勝造も参加したのだろうか、と考えて嬉しくなった。しかし、その後、盛安から聞いた話では、米軍の反撃を恐れて一発も撃てない状況とのことだった。高射砲陣地が壊滅する様子を目にして、その話は本当なのだろうと思ったが、勝昭は自分の感想を漏らさないように注意した。

読谷付近の海岸に米軍が上陸した。その報が伝わった翌日、勝昭をふくむ十数人が斥候《せっこう》に選ばれた。皆、勝昭と同じように小柄で童顔だった。だぶだぶの軍服を脱いで薄汚れた着物に着替えるように言われた。靴も脱いで地面に置かれた古い草履や地下足袋に履き替えた。偵察斥候の指導に当たった高橋という少尉は、二十代半ばで言葉も教え方も丁寧だった。偵察の仕方や情報戦について学び、米兵に接する時の注意を受けた。米兵は逃げる者には女や子どもでも発砲する。だから、米兵と遭遇しても決して逃げてはいけない。落ち着いて、にこにこ笑いながら近づき、軽く会釈をして通り過ぎること。もし呼び止められたら、村の子どもらしく振舞うこと。疑われて拘束されたら仕方がない。収容所の中の様子を観察し、しっかり記憶して、あとで抜け出して上官に伝えるように。

そう話した高橋少尉に、隊員の一人が驚いた顔で訊いた。

生きて虜囚の辱めを受けず、ではないのですか？

高橋少尉は穏やかな表情で答えた。

そう、虜囚にならないように努めなければならない。しかし、護郷隊の任務は長く生き延びてより多くの情報を収集し、米軍の動向をつかんで本土決戦に生かすことにある。たとえ捕虜になっても、諦めずに情報収集することが大事なんだよ。決して死に急がないように。どんな時でも落ち着いて対処すれば、活路は開けるからね。君達の役割はとても重要だから、しっかり頑張るんだよ。

高橋少尉の言葉に隊員達は皆、感動してやる気を掻き立てられた。それまで自分の体格や非力さに劣等感を抱いていた者が多かった。今は逆にそれを生かして友軍の役に立つことができる。暴力や暴言が酷かった同じ村の分隊長達と違い、高橋少尉の態度は優しく、思いやりがあった。期待されて喜び勇んでいる皆の様子を見て、高橋少尉は満足そうだった。

斥候の隊員達は自分の出身地域の偵察を割り当てられた。勝昭は謝花、岸本という二人の上級生と行動を共にした。山の中には炭焼きや木材の切り出しに使う細い道が迷路のようにのびていた。父親が炭焼きをしているという岸本はその道に詳しく、森の中を通って村の中心部が見渡せる高台に出た。国民学校に本部を置いていた日本軍は山中に移動していて、校庭には米軍のテントが十以上張られ、弾薬や食料と思われる箱が山積みになっていた。米軍の進撃を阻むために切り倒された松並木が片付けられ、道路を米軍のトラックやジープが行き交い、要所には歩哨が立っている。その配置や村の状況を三人はそれぞれ記憶に刻み込んだ。

陣地に戻って高橋少尉に報告すると、三人の中でも勝昭の報告は際立って詳細だった。二人の先輩達は驚いていて、頭の中に見た情景が浮かんでくる、という勝昭の説明を聞いて、高橋少尉も感心していた。そのことが勝昭には嬉しくてたまらなかった。もっと成果を上げたい、という思いが募ったが、勝昭の心中を察したように高橋少尉は、無理をしてはいけない、慎重にやるんだよ、と笑いながら注意した。勝昭は顔が熱くなり、高橋少尉の言うとおりだ、と自分を戒めた。

場所を変えて遠距離からの偵察を四日ほど行ったあと、三人は分散して山を下り、集落内の様子を偵察することになった。その日の朝、高橋少尉はこれまで以上に細かく注意を与えた。単独での偵察は自分で考え、判断しなければならない。少しでも危険を察したら、すぐに行動を中止して深入りしないこと。米軍に疑われているようなら、いったん自分の家に戻っていい。夜になって米軍がいなくなってから部隊に戻ること、などと説明し、最後に、いかなる時も冷静であれ、といつもの言葉を付け加えた。

勝昭達三人は森の細道を進み、高台から集落全体の様子を確認して集落に下りた。あまり時間をかけず、お昼頃には高台に集合することを確認していた。

勝昭の役割は、米軍の部隊が駐屯している国民学校の近くまで行って、米軍の警備体制を確認し、高台からは見えない集落内の様子を調べることだった。気になるのは集落内で顔見知りに会うことだった。男達は現地召集や防衛隊で戦っているので、村に残っているのは老人や女性、子どもが多かった。米軍を恐れて家に潜んでいるらしく、集落の人に会うこともないまま国民学校の近くまで来た。

四辻に立っている米軍の歩哨が警戒する目で勝昭を見た。小銃の引き金には指がかかっている。心臓が激しく脈打ち、息苦しくてたまらなかった。落ち着け、落ち着け、と自分に二度言い聞かせ、笑みを作って会釈した。まだ二十歳くらいに見える米兵は、真っ赤に日焼けした顔に険しい表情を浮かべ、向こうに行け、というように手を振った。

道路脇にガジマルの大木があり、その下に停車しているジープに乗っていた二人の米兵も勝昭のことを見ていた。そのうちの一人が、ヘイ、と声をかけると勝昭の足元に何かを投げた。白い埃をあげて転がったのはお菓子のようだった。一瞬、どうしようか迷ったが、勝昭はしゃがんでチョコレートらしい紺色の袋を拾い上げ、米兵に笑いかけた。チョコレートを投げた米兵も笑って手を挙げ、運転席に座っている米兵は煙草を吸いながら勝昭を観察しているようだった。逃げていると思われないようにゆっくりとした歩調で勝昭は道を戻った。

横道に入り米軍の視界から外れて、勝昭は立ち止まって大きな息をついた。手にしていたチョコレートを茂みに投げ捨てると、振り返って米兵が追って来ないのを確かめた。汗で着物が体に貼り付いていた。これ以上この付近を偵察するのは危険だと考え、山の方に向かって歩いている途中、せっかく集落まで下りたのに成果がほとんどないことが悔しくなった。

ふと、ある考えが閃いて勝昭は自分の家に向かった。

家に戻った時、最初に勝昭を見つけて声を上げたのは、十一歳になる妹の恵子だった。

勝昭にーにー。帰《けー》てぃ来《ち》ゃんな？

その声を聞いて家から飛び出してきた母と二人の弟が、勝昭に駆け寄ってきた。抱きついてきた八歳の文昭と六歳の勇三の頭をなで、何処も痛めてない《だーんやまちうらん》な？　と訊く母に、勝昭は黙ってうなずいた。母に促され、勝昭達は家の中に入った。

この《くぬ》衣《ちぬ》や何処《だー》からが？

勝昭が着ているぼろぼろの着物を見て母は驚き、着替えを取りに行こうとした。勝昭は母を止めると、声を潜めて言った。

任務があって村に下りたから、すぐに戻らんといけんさ。

母は勝昭を見つめ、朝炊いた芋が残ってるから……、と鍋から芋を二本取って皿に載せ、油味噌を添えて差し出した。

芋《うむ》食べる《かむぬ》時間や有るだろ《あいらや》。これ《うり》食べて《かーてぃ》から行けー。

勝昭は渡された芋の一本を二つに割り、弟達に与えた。母は恵子に、弟達を連れて外で遊んでいるように言った。不服そうな弟達の顔を覗き込み母が、兄さんの分の芋までもらって、外に出でて《ふかにいじとー》おきよ、ときつめに言った。三人が仕方なさそうに外に出たのを見てから、勝昭は板の間に座って芋の皮を剝き頬張った。三口ほどで芋をたいらげると、母が水甕から汲んできた水を飲みほし、勝昭は改まった口調で訊いた。

部落人《しまんちゅぬ》の中によー、米軍に協力している人《ちゅーや》は居《を》らんな？

母は戸惑ったように勝昭を見たが、やがて問いの意図を察したようだった。

少し《よーぴ》待っておき《ちょー》よー。

そう言って母は奥の部屋に行くと、しばらくして四つ折りにした紙切れを手に戻ってきた。戸口の様子をうかがってから母は、勝昭に紙切れを渡した。

この二人《くぬたい》やよー、この前《くぬめー》米軍《アメリカーぬ》のジープんかい乗《ぬ》てぃ、山んかい行ちゅたさ。

勝昭は紙切れを受け取ると、首から下げた物入に入れた。

この二人は《くぬたいや》またやー、米軍《アメリカーぬ》の為《たみ》なかい、慰安所までぃ作《ちく》てぃ、料亭《サカナヤーぬ》の女郎《じゅり》、米軍《アメリカーぬ》の相手させてる《しみとー》さ。許して《ちゃ》ならんどー。

母は父と一緒に農業をしていたが、部落《しま》の国防婦人会の中心となり、父よりも本や雑誌を読んでいた。勝昭の前にしゃがんで話す母の声は怒りに満ちていた。同時に母の眼の奥には不安が揺れているようで、勝昭も心がざわついた。母は両手で勝昭の体を触り、健康は《や》大丈夫な？　食事は食べてるか《むぬやかーとぅんな》？　と訊いた。何も心配しないでいいさ《ぬんしわーさんてぃんしむさ》、と答えて、勝昭は重ねて訊ねた。

他には協力者は居らんな？

母は少し考えてから首を小さく横に振った。

米軍達の《アメリカーたーぬ》相手しないと《さんねー》ならぬ場合も《んばーんい》有りしが、米軍《アメリカー》とぅ一緒《ぐー》なてぃ、部落の《しまぬ》人達《ちゅーたー》ー協力させとるのは《しみとーしゃ》此の二人《くぬたい》やさ。米軍達《アメリカたー》やよー、昼は《ぴるや》部落の《しまぬ》中、巡《みぐ》てぃ歩く《あっちゅ》しが、村の人の《ちゅーぬ》何《ぬ》もせ《んさ》んねー、彼らも《くったーん》何も《ぬん》せん《さん》さ。夕方なったら《ゆーまんぎないねー》、学校に有り《あい》ぬ部隊んかい、引き揚げ《ぎ》てぃ行ちゅさ。

ふいに母の表情が緩んで、手で追い払う仕草をした。振り向くと、戸口から弟達がのぞき込んで笑っていた。

もう少し兄さんとぅ話の《ぬ》有るから《いくとぅ》よ、三人で《みっちゃいじ》遊んで《あしどー》おきよ。

母の言葉に顔を見せた恵子がうなずき、弟達を連れて行った。思わず笑ってしまった勝昭は、油断してはいけない、敵が近くに来ているかもしれない、と気持ちを入れ直した。

米軍に殺された人は居らんな？

防空壕の上《うい》に艦砲の《ぬ》落《う》ちてぃや、隣の部落の《とぅねーぬしまぬ》新里と《り》いうぬ家族が《ぬ》生き埋めになてぃ、五《ぐ》人《にん》死に《じ》女童《ゐなぐわらび》一人《ちゅい》だけ《びけー》生き残った《ぬく》と《たんでぃ》話やしが……。他《ふか》に那覇からの《ぬ》避難民が逃げようと《ぴんぎらーり》して《しち》射殺《いーくる》され《さっ》たと《たんでぃ》聞いた《ちちゃー》さ。

米軍が部落の人に手を出していないことに安心すると同時に、勝昭には戸惑いもあった。

米軍が上陸してきたら皆殺しにされる、女は強姦され、子ども達も容赦なく殺される。在郷軍人達にそう聞かされ、勝昭達も仲間同士でそう話し合っていた。母の言葉だけでなく、先ほど目にした米兵の様子や、自分に向けられた笑顔が意外だった。

今は住民を手なずけるために親切な振りをしているだけだ。

そう判断すると勝昭は、急いで山に戻らないといけない、と母に告げた。外に出ると、庭の隅にしゃがんで恵子が地面に描く絵を見ていた弟達が駆け寄ってきた。二人の肩に手を置き、もう行こうな、と言うと泣きそうな顔になる。母が弟達の手を取り、すぐに戻ってくるさ、と慰めた。

無理するなよー《さんき》。必ず帰って来よ《はんなじけーてぃふー》。

母の言葉にうなずき、三人に小さく手を振ると、勝昭は急いで家から離れた。

山に入った勝昭は岩陰で休憩をとりながら陽の位置を確かめ、お昼頃に高台で謝花、岸本と落ち合い、部隊に戻った。谷間に枝を広げる大木の下に部隊の小屋は作ってあった。その少し手前で小用を足したいと言い、勝昭は木立の陰に入って紙片を取り出し、素早く開いた。鉛筆で書かれた名前の一人は勝造の父だった。もう一人は料亭《サカナヤ》の経営者で部落の中心人物だった。

紙片を元に戻し、歩きながら考えた。これを高橋少尉に渡したら二人はどうなるのか。友軍に処刑されるのか。勝造の顔が思い浮かんだ。いや、そこまではされないだろう。捕まって、調べられはするだろうが。米軍の協力者は間諜と同じだ。それを知って黙っているのか。自分達の島を守るために、任務を果たさなければならない。そのために護郷隊に入ったのだ。勝昭は迷い、ひるむ自分を叱りつけた。

三人で高橋少尉に斥候の報告をしたあと、勝昭は少し時間をおいて再度、高橋少尉のもとを訪ねた。紙片を渡し、母の話していたことを伝えると、高橋少尉は紙片を胸ポケットにしまいながら、よくやった、と勝昭の肩を叩いた。勝昭は勢いよく敬礼をすると、高揚する気持ちで自分の分隊に戻った。

後になって、もしあの時に紙切れを開かず、二人が誰か分からないまま上官に渡していたら、これほど苦しまなくてすんだのか、と考えた。名前を見ないまま、母が言ったことを伝えればよかったのか。そうしていれば……、いや、そもそも、高橋少尉に気に入られようという気持ちを起こさず、家に立ち寄らなければ何事もなかったのだ。そういう後悔がくり返し起こった。

勝昭は斥候の任務を続けたが、護郷隊のほかの仲間は米軍の弾薬庫を攻撃したり、米軍に利用されないように橋を破壊し、集落の家を焼き払ったりしていた。そのたびに米軍の攻撃は激しくなり、戦死者も増えていった。勝昭の同級生で沖縄相撲が強かった幸地は、小銃弾を頭部に受けて即死した。分隊長の宮城は砲弾の破片で腹を裂かれ、はみ出した腸を押さえて何時間も苦しんだあげく死んだ。足に重傷を負った大城は撤退の際、自力で移動できないため手榴弾を渡され、置き去りにされた。何人もの死を目にしたが、何も感じなくなっていた。自分もいつ死ぬか分からず、出来るだけ苦しまずに死ねたらいい、と願っていた。

遊撃戦を展開する、と言ってもしょせんは、徴兵年齢に達しない少年達を集め、にわか仕立ての部隊を作ったにすぎなかった。兵員も物量も圧倒する米軍が、陸、海、空から攻撃すれば、太刀打ちできるはずがなかった。

追い詰められた部隊が解散し、家に戻った勝昭は、母と三人の弟妹を守り、生き延びるために必死の日々を送った。防衛隊に召集され、輜重兵《しちょう》として南部に移動したという父親は、とうとう帰ってこなかった。大人達に交じり、米軍のゴミ捨て場に行って食べられるものを探し、時には倉庫や運送車両から物資を盗み、戦果を挙げる日々の中で、勝昭はたまたま出会った同級生の一人から、勝造の父が日本兵に殺された、という話を聞いた。

自分のせいだ。すぐにそう思った。自分のしたことが勝造や他の仲間に知られたら……。不安が込み上げた。高橋少尉をはじめ護郷隊の上官達が米軍に投降した、という噂を耳にした。彼らが情報を漏らすとは思えなかった。自分と母親が黙っていれば、誰にも知られないはずだった。そう考える一方で、不安が消えることはなく、記憶を心の底に押し込んで、忘れるように努めた。同級生や護郷隊の仲間と顔を合わせないようにし、米軍が住民の移動制限を緩めると、勝昭はすぐに村を出た。

父に代わって母を助け、三人の弟妹を学校に通わせなければならなかった。島の中部で軍作業や港湾作業、土木作業などできる仕事は何でもやり、金を稼いで家に送った。母は小さな畑を耕し、豚を飼って、三人を育てていた。勝昭が強く説得したが、妹の恵子は高校に進まず、中学を卒業すると那覇に出て働きだした。勝昭は二人の弟の学費のために仕事に没頭し、忙しさと酒の力で戦争中の記憶を封印した。

それでも何かの拍子に蓋がはずれる時がある。そのたびに酒の量が増えていった。あの時代、ああするしかなかったのだ。いったん軍の組織に入れば、上官の命令は絶対だった。自分の力では、どうしようもなかったのだ。生まれた時からそういう教育を受けてきたのだから、十五歳の自分に何ができたのか。自分がしたことは仕方なかったのだ……。

どんなに自分に言い聞かせても、心の底にどろりとわだかまる後ろめたさと罪悪感が薄まることはなかった。だからといって、勝造にすべてを話す勇気も出せなかった。

下の弟の勇三が高校を卒業した時、勝昭はもうすぐ三十歳になろうとしていた。その頃はコザの小さな建設会社で働いていた。よく食事をしに行く食堂で働いていた崎浜京子と仲良くなり、一緒に暮らすようになった。中部出身の彼女も戦争で父親を亡くしていた。弟や妹達のために早くから働いてきたのも一緒だった。

二人で頑張って四人の子どもを育て、自分の家を建てることもできた。文昭と勇三はそれぞれ神奈川と大阪に集団就職していた。一人暮らしをしていた母を呼んで同居したい。家と畑を売却し、その金で新しい墓を造り、残った金は母の老後のために使いたい。勝昭の考えに恵子や文昭、勇三も同意し、学費を送り続けてくれたことを感謝していた。

母の引っ越しが終わった時、これまでの苦労が報われた思いがした。


勝昭が勝造と四十年ぶりに会ったのは、まったくの偶然だった。クレーン車やショベルカーの免許を取り、建設会社で働いてきた勝昭は、週末になると職場の同僚と酒を飲む機会が多かった。その日は皆と別れたあと、一人で沖縄市のスナックに入った。初めて入る店だったが、ドアを開けると奥のソファー席に十名ほどの先客がいた。

カウンターに座り、泡盛を頼んでおしぼりで顔を拭いていると、奥の方から来た男が声をかけてきた。

勝昭やあらんな？　勝造だが、分かるんな？

白髪交じりの頭になり、顔には年相応の皺が刻まれていたが、少年時代の面影が残っていた。勝昭は全身に汗が噴き出した。おしぼりを持つ手が震えていた。

久し振りだな《みーどぅーさぬ》。ずっと《ちゃー》元気な？

カウンターの隣の席に腰を下ろすと、勝造は持ってきた泡盛のボトルを置き、グラスを二つ頼んで泡盛を注いだ。差し出されたグラスを受け取り、勝昭は勝造のグラスと合わせてから口に運んだ。

戦争が終わって以来か？

そう訊ねて笑いかける勝造に、勝昭は緊張を悟られないようにしながら笑みを返した。

そうだな《あんやさ》。

お前は同窓会にもまったく顔見せないからな、元気でやってるか？

ああ、元気やさ。お前は変わらないいか。

そう言いながら奥の席に目をやると、若者から五十代くらいまで十人ほどが座っていて、女性も混じっていた。

今日は米軍の事件に抗議する集会があってな、組合で参加したものだから、その流れで飲み会をやってるさ。明日は休みだしな。

勝造が高校の教員をしているというのは盛安から聞いていた。建設現場で働いてきた自分と比べ、色が白くずっと若々しかった。

戦争中よ、お前は護郷隊にいただろう?

ふいに問いかけられ、勝昭はうろたえた。勝造は赤くなった目で笑いかけ、泡盛のボトルを手にして勝昭のグラスに注いだ。

自分が名護の町の米軍のゴミ捨て場でよ、缶詰を拾っている時に、通りかかったお前に声をかけたのを憶えているか?

いや、憶えていない。

勝昭の返事を聞いて、勝造は真面目な顔になった。

あの時よ、お前の姿を見て、ああ生きてたか、と嬉しくなってな、声をかけたらお前は振り向いて、とても驚いたような顔をしてな、急ぎ足で去っていったさ。自分は腹が立ってよ。何か《ぬーが》この《くぬ》輩《ひゃー》は《や》、と思ったんだけどな。あとからよく考えてみたら、ああ、勝昭は護郷隊だったから、もしかしたら米軍の様子を探りに町に下りてきていたのかもしれん、そう考えてな。自分なりに納得したんだが、あの時のこと憶えてないのか。

勝昭が名護の町に偵察に下りたことは何度かあった。その時、どこかで勝造に姿を見られたのかもしれない。そう考えたが、声をかけられて振り向いた記憶はまったくなかった。勝造が話をこしらえているとは思えず、自分の記憶が欠落していることに不安が高じた。

まあな、戦争中のことは自分も断片的にしか憶えてないさ。あとで同級生や先輩から話を聴かされて、ああそんなこともあったのか、と思うことも多いしな。

勝造は泡盛を口にしながら話を続けた。

あの頃、自分は山に友軍の兵隊達と一緒にいて、食料を探して彼らに食わせてたんだが、一度、米軍が捨てた煙草を拾ったことがあってな。自分の父親は煙草が好きだったから、いつか吸わせたいと思って、自分の荷物入れに入れておいたら、兵隊達に見つかってな。どうしてこんなものを隠すんだ、ととっちめられてよ。町に下りている時に米軍と通じているんじゃないか、と疑う兵隊まで出てきてな。こいつを殺そうか、という話になったわけよ。別の兵隊が止めてくれたから助かったけどな。

語るにつれ勝造の顔は険しくなっていた。

沖縄人《うちなんちゅー》をやたらスパイ呼ばわりしてな。吾《わん》が拾ってきた米軍の残飯を食って生きてたくせによ。自分達が煙草を吸いたかっただけのくせして。

吐き捨てるように言うと、勝造は回転椅子を回して勝昭の方に向いた。

自分の父親もな、同じように勘違いされて殺されたんだろうな。スパイと疑われてなー。お前の父親も防衛隊で亡くなって、戦が《いくさぬ》無かったら《ねんねーやー》、男親も《ゐきがうやん》死なないで《しなんぐとぅ》、吾達も《わったーんなー》う少し《よーび》楽に生きられた筈《はじ》やしが……。

勝造の言葉はいつしか村言葉《しまくとぅば》に変わっていた。暗い目で見つめられ、自分がしたことをすべて知ったうえで話しかけているのではないか、と憶測せずにいられなかった。同時に、これがすべてを打ち明ける最初で最後の機会になるのではないか、という思いに駆られた。

お前のお父はどうやって殺されたか、分かっているのか?

勝昭の問いに勝造はグラスを置いて話した。

夜中に日本軍に引っ張られて行ってな、西の岬《いり》にあった芋畑に座らされて、日本刀でこう、首を切られたらしいさ。

日本刀でこう……、と言うときに、勝造は手刀で自分の首の後ろを軽く叩いた。

村の人も何名かは見ていたらしいがな。何も言えなかっただろう、あの時代だからな。遺体を埋めるのは手伝ってくれたらしいがな。それだけしか分からんさ。

勝昭は、そうか、と小さく返すことしかできなかった。勝造が訊き返した。

お前の父親の最期は分かっているのか。

勝昭は首を横に振った。

分からんな。日本軍と一緒に島尻に撤退したらしいが、どこで死んだかは分からんままさ。

しばらく間があって、勝造はつぶやくように言った。

遺骨があるだけ、自分の方がましかもしれんな。

その言葉を聞いて、打ち明けるなら今しかない、と思った。しかし、勝昭は切り出せなかった。

お母さんは元気か。

勝造が訊いた。勝昭は胸の奥を鋭い爪でわしづかみにされたようだった。

ああ、元気だ。今は一緒に暮らしている。

勝造は先ほどより和らいだ表情になり、しみじみとした口調で話を続けた。

せめて母親だけでも大事にしてやらんとな。父親が死んで、大変な難儀をしてきたわけだからな。戦後な、食料が無くて困っている時に、お前の母親が芋や野菜を分けてくれて、とても助かったと、自分の母親は今でも感謝してるさ。お母さんによろしく言っておいてな。

笑いながら立ち上がると、勝造は勝昭の肩を軽く叩き、ボトルを残して職場の仲間の所に戻っていった。

一瞬、自分と母がしたことを責められるのではないか、と身構えていた勝昭は、虚を突かれた思いがした。それから半時間ほど、勝昭は一人で酒を飲んでいた。賑やかな奥の席に行き、勝造を呼んで改めて二人で話す気力はなかった。

教員達のグループが帰る時、勝造はカウンターに寄り、たまには同窓会に顔を出せよ、と声をかけ、軽く敬礼をする仕草をして店を出ていった。

その後も一人で飲み続け、酔いが回るほどに、勝昭の胸に怒りが込み上げてきた。勝造にすべてを打ち明けられなかった自分自身への怒りだけではない。大きな力で自分達を翻弄し、どんなにあがいてもどうしようもない、という無力感を強いるもの。その何かへの怒りは晴らしようがなかった。今さら話したところで何になる。その言葉が最後は胸の中に湧き上がり、深い無力感に陥っていく。それを繰り返してきた。その夜が勝造と話した最後になった。

同居していた母は、八十歳を過ぎてから、口数が極端に少なくなり、表情も乏しくなった。かわいがっていた孫が話しかけても反応を示さなくなり、勝昭の呼びかけにも視線を合わさなかった。

母と戦争中のことを話すのはずっと避けてきた。特に勝造の父のことについては、思い出さないようにしているのは母も同じだと考えた。戦後、いち早く村を出た勝昭より、村に残って生活していた母の方が、精神的な負担が大きかったはずだ。勝昭が無理をしても若いうちに家を建て、母と同居した理由の一つはそれだった。

父と暮らした家や畑、墓と位牌を守り、村で農業を続ける。それが母の望みだったかもしれない。しかし、新しい家に仏壇を作り、墓もいずれ近くに移すから、と説得し、孫の世話を頼みたい、と強引に移ってもらった。

ある日、勝昭は新聞を読んでいて、告別式の案内欄に勝造の母の名前を目にした。年齢や住所、遺族欄に勝造の名前を確認すると、居ても立ってもいられず、母の部屋だった裏座敷に入った。母はベッドに座り庭を眺めていた。認知症が進んだ母は毎日、何時間でもそうしていた。小さな池のそばにケラマツツジの赤い花が満開だった。勝昭は母の横に座って手を握り、静かに話しかけた。

金城加代おばさんが亡くなったよ。同じ《ゆぬ》部落《しま》だった。分かるんな?

母は庭を向いたままだった。立ち上がり、前に回って母の顔を見ると、笑みが浮かんでいた。何年振りかで見る表情の変化だった。思わず母の手を放し、勝昭は鳥肌が立つ自分の腕をさすった。顔の皺が一段と深くなり、入れ歯をのぞかせて声もなく笑っている。視線はずっと庭に向けられていた。お母よ、と声をかけた時には、元の無表情に戻っていた。勝昭が目にした、それが最後の母の笑顔だった。

その年の冬に母は身まかった。穏やかな顔を目にして、やっと楽になれたんだな、と勝昭は思った。母の遺品を整理していると、タンスの引き出しに新聞のチラシの束があった。日記の下書きにしたのか、日付けとその日の出来事が乱雑に記されていた。ゴミに出そうと思いながらめくっていると、勝造の母の名前が目に留まった。名前には✕印がつけられ、激しい怒りと憎しみの言葉が何枚にもわたって書かれていた。認知症が酷くなってから書かれたものらしく、残された日記帳にはそのような記述はなかった。

何か見てはいけないものを見てしまったようで、胸が苦しくなった。黒いボールペンで書き殴られた字を見ていると、母の胸の奥にあった罪悪感というきれいごとではすまされない複雑な感情が想像できた。自分が見まいとしてきたものが噴出しているようで痛ましかった。母も自分も互いにそこに触れないことで、どうにか生きてきたのだと思わずにいられなかった。チラシの束を手に外に出ると、裏庭に行ってライターで火を点け処分した。

母の死は勝昭にとって大きな節目となった。勝昭もすでに六十代半ばになっていて、妻と二人で暮らしながら、時々孫達が遊びに来るのを楽しみに過ごす日が続いた。沖縄に住んでいれば、新聞やテレビで沖縄戦のことが頻繁に報じられる。それらの記事は読まない、見ないことに徹した。どこから調べてくるのか、護郷隊の話を聞きたいと電話してくる者がいたが、二度と連絡しないように言ってすぐに切った。母が死に、あとは自分が黙り通してすべてを終えればいい。その方が勝造のためにもいいのだ、と自分に言い聞かせた。

その日、沖縄戦の証言を集めた映像を上映するという催しに足を運んだのは、例外中の例外だった。友人が出ているのでぜひ見たい、近くの公民館でやるので連れていってほしい、と妻にせがまれた。二人とも八十代になっていて、妻は若い頃からの無理がたたったのか、杖をついてゆっくりとしか歩けなかった。子ども達は仕事や用事で対応できないというので、勝昭が妻を車椅子に乗せて公民館に向かった。
　公民館の舞台に設置された小さなスクリーンに映る白黒の映像は、最初から最後まで沖縄戦体験者の証言だった。それぞれの地域の村言葉《しまくとぅば》で話す証言者は十人ほどいて、その一人が妻の友人だった。しかし、勝昭が話を聞いて衝撃を受けたのは、最後から二人目の老女の話だった。大写しになった老女の顔の下に出身の村と旧姓、名前、年齢が字幕で出た。それを目にした時、もしかしたら……、と思った。証言を聞いているうちに勝造の姉だと確信した。自宅の居間で話す老女の髪は真っ白で、カメラに険しい目を向けて語り続けていた。

　戦争中、吾《わん》や十七歳だった《えった》しがよー、国民学校の《ぬ》校舎、今《なま》ぬ小学校だけど《えっしが》ね、ヤマトゥの《ぬ》兵隊達《ぴーたいたー》の《ぬ》兵舎なってて《とうてぃ》よー、吾《わん》や兵隊達《ぴーたいたー》の《ぬ》御飯作り《ぱんめーちくやー》し《し》ておった《ちうぃたん》よ。吾《わん》が弟《うっとう》や勝造んでい言うたしが、勉強よく出来る《ゆーでぃき》てーとぅ、三中に通って《かゆてぃ》おった《ういたん》よ。戦になってぃや、三中の《ぬ》生徒達《たー》や鉄血勤皇隊というのに入らさって《りぃうしかぃい》ぃよ、勝造も《ぬん》鉄砲持《む》って《ち》八重岳んかい遣ら《やら》されたば《さったん》ーてー、そうやって《あんちしち》上陸して来《しちちゃー》たぬ米軍とぅ戦ってんばーえっしが、諸皆《むるかぃ》玉砕したといって《しちゃんりぃち》よー、部落《しま》んかいや話《ぱなし》ぬ伝わってぃ来《ち》ゃんばーてー。吾《わん》がお母やうんと《うみちか》泣ちよー、お父や八重岳んかい行じ遺骨拾ってくる《ぷるてぃすんでぃぃ》といって《ち》、宮里さんでぃ言うぬ友達《どぅし》かい頼んでるわけさ《たぬでんばーえっさ》。この《くぬ》宮里さんという《でぃ》ぬ人《ちゅー》や、戦前、サカナヤしていたわけさ《しちゅたんばーてー》。サカナヤんでぃ言うしや、今の《なまぬ》魚《いゆー》商いする《すーぬ》魚屋やあらんどー。昔や女の《ゐなぐぬ》男《ゐきが》んかい酒飲《さきぬ》まち、踊り《うどぅい》見せたり《みしたぃ》、泊《とぅ》まらす店が《ぬ》有り《あぃ》よったさ《たんばーてー》。この《くぬ》店《みせ》サカナヤんでぃ言うたしが、宮里さんや部落《しま》の《ぬ》中心なって《なてぃ》おった《うぃぬ》人《ちゅー》だった《えった》しが、自分《どぅー》の《ぬ》店の《ぬ》女性達《ゐなぐんちゃー》に日本軍の慰安婦させて《しみてぃ》よ、米軍が《ぬ》来《ちー》てからは《や》米兵達《アメリカーたー》が《ぬ》慰安婦させて《しみてぃ》おっ《うぃ》たんばーてー。だからさ《あんすぐとぅ》米軍の《ぬ》将校達とも《たーとぅん》知り合いだったわけ《えってんばー》。米軍にジープ一台頼《たぬ》でぃ、これ《くり》に《かい》吾《あ》がお父と宮里さんが《ぬ》乗てぃ八重岳か向かって《むかてん》おる《ばー》わけさ《えっさ》。そうやって《あんちしち》、玉砕したという《しちゃんでぃゆぬ》場所《めー》、勝造の《ぬ》遺体が《や》ない《ねん》かと《がやー》いって《りぃち》探《とぅめ》したんでぃ言うしが、勝造や多野岳に移動して《しち》おったから《うぃてーとぅ》、遺体が《ぬ》有り《あぃ》ぬ訳が無い《ねん》さ。諦めて《みてぃ》帰《けー》てぃ来た《ちゃん》わけ《ばー》だけど《えっしが》、その《うぬ》様子見て《みっち》おった《うぃてーぬ》スパイが《ぬ》いたわけさ《うぃてんばーてー》。スパイと言って《りぃち》も《ん》米軍の《ぬ》スパイやあらんどー。友軍の《ぬ》スパイてー。同じ《ゆぬ》部落の《しまん》人の《ちゅぬ》中に、吾《あ》がお父が米軍の《ぬ》ジープに乗って《ぬてぃ》八重岳に行ったと《いじゃんでぃ》いうこと《いうし》、山の《ぬ》中におった《うぃてーぬ》友軍に知らせた《ちぇーぬ》者が《むんぬ》おった《うぃてん》わけ《ばー》よ。この《くぬ》輩の《ひゃーぬ》為《たみ》なかい、吾《あ》がお父や友軍に連れて行かれて《そーてぃかってぃ》、切り殺されて《きりくるさってん》おるわけさ《ばーえっさ》。誰《たる》が友軍の《ぬ》スパイだったかは《えったがや》分からん《わーらん》けどよ《しがや》、密告していた《しちぇーぬ》者が《むんぬ》おったわけさ《うぃてんばーてー》、同じ《ゆぬ》部落《しま》の《ぬ》中に。嫌《や》な腐れ者《くさりむん》が……。

話が進むにつれ老女の口調は激しくなり、最後は吐き捨てるように、腐れ者《くさりむん》が……、と言ってカメラを睨みつけた。その眼差しが自分に向けられているようで、勝昭は思わず胸を押さえた。動悸が収まらず、最後の一人の証言は耳に入らなかった。

上映が終わり、明かりがついた。

体調が悪いの《あんまさるあんな》？

妻が聞いた。無言のまま席を立ち、妻の車椅子を押して玄関に向かった。まだ夕刻だったが、老女が誰かを知った時から流れ続けている汗で衣服が冷え、寒気がした。

そうだったんだな《あいるえってーさや》……。

勝昭のつぶやきに妻が、大丈夫ね？　と振り向いた。

何でもない、心配するな《ぬんあらんしわーさんけー》。

つい口調がきつくなった。

大丈夫だったらいいさ《やれーしむさ》。

妻は怒ったように言葉を返した。車椅子を押して家に戻りながら、スクリーンの老女の目と声がよみがえった。

友軍のスパイ……、密告……。

老女が発した言葉が胸の奥に突き刺さっていた。その目は今も怒りと憎しみに満ちていた。背中や首筋、脇腹を流れ続ける汗が気持ち悪かった。あの時、母が目にした光景の背後には、証言に出てきた理由があった。勝造の姉からすれば、勝昭と母こそがスパイであり、密告者だった。

　自分が伝えた情報が高橋少尉を通してどこまで広がったかは分からない。勝造の父を殺したのは海軍の陸戦部隊で、独自に殺害リストを作っていた、という証言を読んだことがある。しかし、そのリスト作成に自分の情報が生かされたかもしれなかった。それを確かめる術はなかった。

　映画を見たあと、やはり勝造にすべてを話した方がいいのか、という思いに駆られた。しかし、自分が実行しないことも分かっていた。勇気がなかっただけではない。すでに長い時が経っており、今さら話して何になるのか、という虚しさがいつものように気力を挫いた。

　村にいた頃、母は勝造の姉が話した内容を知ったかもしれなかった。そう考えた時、自分よりも母の方がずっと苦しかったかもしれないと思い、母の最後の笑いとチラシの束を思い出した。どういう思いで母は、勝造の母や姉と接していたのか。それは語られることもなく、自分も聞こうとしなかった。燃えたチラシの黒い灰が風に舞う様が目に浮かんだ。そこに書かれていた言葉を今はもう思い出せなかった。

　あんな戦争さえなければ……。

　車椅子を押しながら、胸の中でつぶやかずにいられなかった。

部落《しま》の新しい墓地は海の近くの高台にあった。もとは森の崖下や川沿いにあった墓を戦後、この場所にコンクリートで新しい墓を造り、骨壺を移す家が増えた。今では五十以上の墓が緩やかな斜面に並んでいた。

勝造が入っている墓のだいたいの位置は盛安に聞いていた。吾《わん》が案内しようか、と電話の向こうで言うのを、新型コロナウイルスを理由に断り、勝造の家族にも黙っているように頼んだ。

同居している次男の和久に頼んでヤンバルまで車を運転してもらった。墓はすぐに見つかった。盛安が目印と教えてくれた大きな桜の木が墓の入り口近くにあり、若夏の日差しに緑の葉が輝いていた。金城家の墓と刻まれたニービ石を確認し、墓前に泡盛とお菓子を供えた。板御香《いたうこう》に火を点けて香炉に挿し、膝が痛むので立ったまま手を合わせた。今さら詫びることも白々しく、ただ、ゆっくり休めよ《よんなーゆくり》、と胸の奥でつぶやいた。

あの世《ぐそー》など昔から信じなかった。死んでまでこの世の思いを引きずるのはまっぴらで、すべて消え去ってほしかった。和久に頼んでここまで足を運び、墓前で語りかけているのも、しょせんは自分自身のための気休めにすぎないと分かっていた。

ふと、十五歳の時の自分や盛安、勝造の姿が目に浮かんだ。あれはサイパン玉砕が報じられた少し後だったろうか。休みで帰って来ていた勝造に声をかけ、盛安、勝昭の三人で夜の浜に出た。遅くまで話は尽きなかった。話し疲れて三人並んで砂浜に寝転がると、波の音を聞きながら夏の夜空を見た。今と違って海岸に人工の明かりはなく、星の密度は息苦しいくらいだった。満天の星とはこのことか、と思った。ふと、勝造が独りごちるように言った。

来年の今頃、自分達はもう、この世にいないのかもしれないんだな……。

しみじみとした声に勝昭は胸が痛くなった。

お前は、いつも勝つぞう、勝つぞう、だろう。アメリカー達《たー》にも勝って、百歳まで生きるさ。

盛安が明るい声で茶化した。

そうだよな、勝たんといかんよな。

勝造も明るく返したが、声には寂しげな響きがあった。

しばらくして盛安の鼾《いびき》が聞こえてきた。勝昭が小さく笑い声を漏らすと、勝造が手を握ってきた。指の間に指が入り、勝昭も目を閉じて握り返した。勝造の手の暖かさで、胸の奥の不安が消えていった。

勝昭は自分の手を見た。ずっと忘れていた遠い記憶だった。それでも、掌にはあの時の感触が残っているようだった。

百歳までは生きられなかったが《までぃやぃきららんたしが》、勝造、お前もここまで《いやーんくまーまでぃ》、よく生きたはず《ゆーいっちぇーぬはじ》やさ。

心の中でつぶやいた。板御香《いたうこう》の火が燃え尽きると、和久が酒やお菓子を片付けた。勝昭はもう一度墓に向かって手を合わせた。

墓から出る時、桜の木の向こうに見える山並みに目がいった。幼い頃から見てきた山は、緑が溢れかえっていた。かつて、あの山にも護郷隊員や鉄血勤皇隊員の少年達が配置され、米軍との戦闘があった。今でも、緑の下に埋もれている遺骨があるはずだった。

この山を眺めるのも最後かもしれない。そう思いながら勝昭は、ゆっくりと車に向かって歩いた。

初出

・「魂魄《こんぱく》の道」：『文學界』２０１４年3月号
・「露」：『三田文学』２０１６年秋季号
・「神ウナギ」：『三田文学』２０１７年秋季号
・「闘魚《とーぃゆー》」：『世界』２０１９年1月号
・「斥候《せっこう》」：『世界』２０２２年5月号

著者について

目取真 俊（めどるま しゅん）

1960年、沖縄県今帰仁(なきじん)村生まれ。琉球大学法文学部卒。

1983年「魚群記」で第11回琉球新報短編小説賞受賞。1986年「平和通りと名付けられた街を歩いて」で第12回新沖縄文学賞受賞。1997年「水滴」で第117回芥川賞受賞。2000年「魂込め(まぶいぐみ)」で第4回木山捷平文学賞、第26回川端康成文学賞受賞。

著書：〈小説〉『目取真俊短篇小説選集』全3巻〔第1巻『魚群記』、第2巻『赤い椰子の葉』、第3巻『面影と連れて(うむかじとぅちりてぃ)』〕、『眼の奥の森』、『虹の鳥』、『平和通りと名付けられた街を歩いて』（以上、影書房）、『風音』（リトルモア）、『群蝶の木』、『魂込め』（以上、朝日新聞社）、『水滴』（文藝春秋）ほか。

〈評論集〉『ヤンバルの深き森と海より』（影書房）、『沖縄「戦後」ゼロ年』（日本放送出版協会）、『沖縄／地を読む 時を見る』、『沖縄／草の声・根の意志』（以上、世織書房）ほか。

〈共著〉『沖縄と国家』（角川新書、辺見庸との共著）ほか。

ブログ「海鳴りの島から」：http://blog.goo.ne.jp/awamori777

魂魄《こんぱく》の道《みち》

二〇二三年二月七日　初版第一刷

著者　目《め》取《どる》真《ま》 俊《しゅん》

発行所　株式会社　影書房
〒170-0003　東京都豊島区駒込一―三―一五
電話　〇三（六九〇二）二六四五
FAX　〇三（六九〇二）二六四六
Eメール　kageshobo@ac.auone-net.jp
URL　http://www.kageshobo.com
〒振替　〇〇一七〇―四―八五〇七八

印刷／製本　モリモト印刷

定価　1、800円＋税

ISBN978-4-87714-495-1

目取真俊

虹の鳥

基地の島に連なる憎しみと暴力。それはいつか奴らに向かうだろう。その姿を目にできれば全てが変わるという幻の虹の鳥を求め、夜の森へ疾走する二人。鋭い鳥の声が今、オキナワの闇を引き裂く——瞠目の長篇。

1、800円

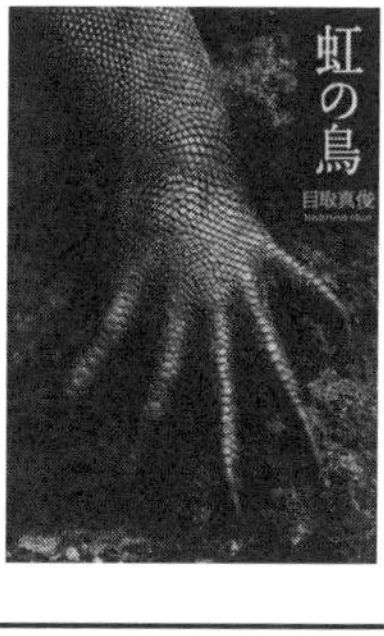

＊

目取真俊

眼の奥の森

米軍に占領された沖縄北部の小さな島で「事件」は起きた。少年は独り復讐に立ち上がる——悲しみ・憎悪・羞恥・罪悪感……。それぞれに刻まれた戦争の記憶が六十年の時を超えせめぎあい、響きあう。心揺さぶる連作長篇。

1、800円

〔価格は税別〕

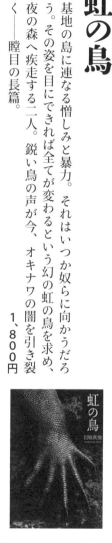

目取真俊　**ヤンバルの深き森と海より**

民意を圧殺し沖縄の軍事要塞化を目論む日本政府に対し、再び本土の〈捨て石〉にはされまいと抵抗する沖縄の姿を、〈行動する作家〉が記録。06年から19年までの時評・論考を収録。

3、000円

これが民主主義か？　**辺野古新基地に〝NO〟の理由**

法をねじ曲げ、民意も無視し、沖縄に新たな負担を押しつける政府の姿勢を問う。◆執筆：新垣毅、稲嶺進、高里鈴代、高木吉朗、宮城秋乃、木村草太、紙野健二、前川喜平、安田浩一

1、900円

平敷兼七写真集　**山羊の肺**　**沖縄　一九六八―二〇〇五年【復刻版】**

日本「復帰」前から今日に至る沖縄の島々の風俗や市井の人びとの〝日常〟を撮り続け、08年伊奈信男賞受賞、翌年突然逝去した写真家・平敷兼七の集大成的作品集。

4、200円

アキノ隊員 写真・文　**ぼくたち、ここにいるよ**　**高江の森の小さないのち**

貴重な自然が残る沖縄・やんばるの森を探検しながら、米軍ヘリパッド建設で棲み家を追われる小さな生き物たちを写真と文で紹介する写真絵本。【小学校中学年から】

1、900円

〔価格は税別〕